인문학적으로 혼자 놀기

이순신 장군과
함께한 1년 반

인문학적으로
혼자 놀기

글·사진 현새로

길나섬

| 프롤로그 |

혼자 놀다

"홈스 선생에게 예술은 그 자체가 목적이니까요."

여기서 말하는 예술은 범죄의 예술성을 의미한다. 셜록 홈스가 사건을 맡는 이유는 돈이 아니라 범죄 자체의 예술성, 독특함에 이끌리기 때문이다. 영국 소설가 코넌 도일이 창조한 소설의 주인공 셜록 홈스는 '인문학적으로 혼자 놀기'의 달인이 아닐까 싶다. 고도의 집중력을 발휘해 주변을 관찰하고, 이를 토대로 사건을 철저히 조사하려면 혼자 놀 줄 알아야 한다. 사건 현장에 남은 담배꽁초를 보고 그 담배를 피운 사람의 성격과 생활환경 등을 알아내는 것이 어디 쉬운 일이랴. 사소한 담배꽁초 하나로 일시에 사건의 맥락을 짚어 내려면 엄청난 공부가 뒷받침되어야 한다. 다시 말해, 인문학적인 방식으로 혼자 충분히 놀아야 셜록 홈스와 같은 총명함을 갖춰 사건을 해결할 수 있다는 뜻이다.

옛사람들은 혼자 놀기를 즐겼다. 글방에서 홀로 서책을 끼고 우주와 인간사의 섭리와 철학을 파고들었다. 인터넷 기술은 아예 없고, 교통도 발달하지 않았던 시절,

따사로운 오후 햇살 아래 길게 드리운 소나무 그림자가 멋있다.

어쩌면 옛사람들이 글방에서 고독을 즐긴 것은 어쩔 수 없는 선택이었는지도 모른다. 지금은 그때와는 완전히 딴 세상이다. 인터넷과 교통이 발달한 덕분에 다른 사람과 교류하거나 모여서 놀기가 한층 수월해졌다. 그런데 다른 한편으로는 모여서 놀기가 더 어려워졌다고도 할 수 있다. 저마다 먹고살기 바빠서 마음 맞는 사람과 밥 한 끼 같이 먹기도 어려워진 세상이 아닌가. 더는 혼밥, 혼술이 낯설거나 부끄러운 일도 아니며, 오히려 혼자서 노는 것이 유행이 되었다. 앞서 셜록 홈스를 예로 들었듯이 혼자 놀기는 인간에게 중요한 덕목이다. 인간이 사회적 동물인 것도 맞지만, 혼자 놀며 익혀야 하는 요소도 분명히 존재한다. 그런 면에서 인터넷과 교통이 발달한 오늘날은 옛날보다 혼자 놀기에 더 적합한 시대라고 할 수 있다. 수많은 정보와 편리한 교통이 뒷받침될 때야말로 인문학적으로 혼자 놀기에 안성맞춤이기 때문이다.

문화심리학자 김정운 교수는 오늘날을 '에디톨로지(editology)', 즉 '편집학'의 시대라고 했다. 그는 '창조는 곧 편집'이라고 했다. 김정운 교수는 저서《에디톨로지》에 '에디톨로지는 그저 섞는 게 아니다. 그럴듯하게 짜깁기하는 것도 물론 아니다. '편집의 단위', '편집의 차원'이 복잡하게 얽혀 들어가는, 인식의 패러다임 구성 과정에 관한 설명이다'라고 썼다. 바꿔 말하면 에디톨로지는 '즐거운 창조'의 구체적인 방법론이다. 혼자 노는 과정이 곧 세상을 편집하는 과정이고, 그 결과물은 편집하는 사람에 따라 달라진다. 우리 앞에 펼쳐진 세상을 인문학적으로 바라보자. 그리고 나름의 결과물을 만들어 보자. 예전에는 전문가라는 자격을 가진 사람들만 할 수 있는 일이었지만, 지금은 책과 인터넷을 통해 마음만 먹으면 누구라도 고급 정보를 얻을 수 있다. 의지만 있으면 누구나 전문가가 될 수 있다.

시쳇말로 '덕후'의 세상이 왔다. 예전에는 혼자 놀기의 달인이라 하면 대인 관계나 사회성에 문제가 있는 것으로 의심받기도 했다. 그러나 지금은 다르다. 덕후의 끈

비 오는 날 현충사를 홀로 걸었다.

질긴 탐구 능력이 오히려 주목받고 존중받는 시절이 되었다. 이쯤에서 나도 덕후가 되어 보기로 했다. 힌두교에서는 인생을 4단계로 나눈다. 첫 번째 시기인 브라마차리아(brahmacharya, 학생기)는 배우고 익혀야 하는 시기를 의미한다. 두 번째 그리하스타(grhastha, 가주기)는 가정을 책임지고 경제 활동을 하는 시기, 세 번째 바나프라스타(vānaprastha, 은둔기)는 은퇴를 준비하는 시기다. 마지막으로 산야사(sannyasa, 유행기)는 속세에서 확실하게 은퇴하는 시기를 뜻한다. 내가 볼 때, 인생의 세 번째 단계인 은둔기야말로 혼자 놀기에 최적의 시간이다. 이 정도 나이에 이르면 세상의 이치도 어느 정도 알게 되고, 자녀도 다 커서 부모 손을 거의 필요로 하지 않게 되므로 어차피 혼자 놀 수밖에 없다.

그렇다면 사진가인 내가 인문학적으로 혼자 놀 수 있는 방법은 무엇일까? 사진가에게 주어지는 전시 기회나 레지던시 프로그램, 각종 시상 및 지원 프로그램 등에는 '젊은 사진가'라는 항목이 있다. 여러 기관이나 단체에서 신진 사진작가에게 다양한 혜택을 주는데, 그것을 받으려면 '젊음'이라는 기준에 맞아야 한다. 물론, 여기서 젊다는 말은 솜털이 보송보송 남아 있는 이팔청춘을 의미하는 것이 아니라 마흔 전후를 가리킨다. 나는 '젊은 사진가'의 시기를 넘어오면서 계속해서 사진가로 활동하는 것에 대해 다시 생각해 보게 되었다. 더는 젊지 않은 사진가, 그렇다고 대가의 반열에 들어서기에는 부족한 역량. 이런 상황에서 전시만 고수하는 것은 의미가 없다는 생각이 들었다. 좋아하는 사진 작업을 계속하면서 내 영역을 확대할 수 있는 방법을 찾다가 들어선 것이 바로 인문학의 길이다. 사진에 인문학적 깊이를 더하며 꾸준히 작업하고, 한 가지 프로젝트를 마칠 때마다 그 성과를 책으로 엮어 내기를 반복하다 보면 사진가의 길을 더 오래 걸을 수 있으리라 생각한다. 인문학을 공부하는 데는 자격증도 필요 없고 나이도 상관없으니 이보다 더 좋은 결합은 없다. 바람이 있다면, 독자들이 '내가 할 수 있는 인문학적 놀이는 무엇일까?' 하고 고민해 보도록 이 책이 바람잡이 역할을 했으면 좋겠다는 것이다. 인문학적으로 놀기가 절대 어렵지 않음을 많은 사람이 알아차리고, 저마다 자기만의 방법으로 실천했으면 좋겠다.

지난 1년간 나는 충남 아산시에 있는 현충사에서 혼자 놀았다. 특별한 일이 없는 한 일주일에 한 번씩 현충사에 갔다. 물론 혼자서. 그렇게 놀아 보고 확신을 얻었다. 세상에 인문학적으로 혼자 놀기만큼 재미있는 일은 없다. 이 책은 내가 1년간 현충사에서 혼자 놀며 나름대로 세상을 편집해 만든 결과물이다. 세계 일주를 하고 와서 들려주는 거창한 경험담과 비교하면 볼거리도 많지 않고, 어떤 이에게는 딱히 새로울 것도 없는 이야기일지도 모른다. 하지만 현충사에서 보낸 1년은 그곳의 사계절을 감상하고, 나의 내면을 들여다보며, 세상을 관조하기에 더할 나위 없이 좋았다. 이 책을 손에 든 독자에게 그 감동이 조금이라도 전해진다면 감사할 일이다. 한 걸음 더 나아가 누군가 이 책을 보고 현충사 가는 버스표를 알아본다면 그것만큼 기쁘고 뿌듯한 일도 없겠다.

끝으로 이제부터 혼자 놀아 보고 싶은 독자를 위해 한 가지 조언을 한다면, 은근과 끈기를 갖추라는 말을 하고 싶다. 자동차에 시동을 걸고 단박에 시속 200km로 달리려면 엄청나게 비싼 경주용 자동차를 사야겠지만, 일반 자동차를 타고서도 서서히 속도를 올리면 어느 순간 최고 속도에 도달할 수 있다. 시간과 비용을 조금씩 오랫동안 투자하면 못할 것이 없다. 지금 투자하는 것이 나중에 돈이 될지, 정말 뜻깊은 일일지 미리 셈할 필요는 없다. 그냥 가 보는 거다. 일단 버스에 올라타면 버스는 알아서 제 길을 간다. 목적지를 정하지 못했다면 정류장에서 아무 버스나 타고 번호를 확인해도 된다. 어쩌면 예기치 않은 곳에서 금맥을 발견할지도 모르는 일 아닌가. 그럴 용기가 없다면 자기 주변, 가까운 곳에서 시작하자. 내 고향 이야기, 내가 좋아하는 물건, 내가 존경하는 사람을 깊게 파고들다 보면 자신도 모르는 사이에 그 분야에 전문가가 되어 있을 것이다.

홀로 현충사에서

현새로

차례

그날이 오다

드디어 그날이 왔다. 아이를 키우는 동안 나는 늘 이인삼각 달리기를 하는 것만 같았다. 나와 아이의 발목은 동아줄로 꽁꽁 묶여 있었다. 10여 년을 그렇게 달리고 나니 그토록 질기던 동아줄이 점점 느슨해져 갔다. 처음에 아이는 내가 조금 멀어질 기미만 보여도 신경질적으로 줄을 잡아당기며 같이 가자고 했다. 그러던 아이가 어느덧 자라서 이제는 내가 줄을 길게 풀고 멀리 가도 아랑곳하지 않는다. 오히려 '기회는 이때다'라는 듯 자기 스스로 나머지 줄을 풀어 버린다.

육아는 마라톤이다. 그냥 달리는 것도 아니고 아이와 함께 발목을 묶고 서로 리듬을 맞춰 가며 뛰어야 하는 이인삼각 마라톤, 그것이 육아다. 처음에는 발목을 묶은 동아줄이 살을 파고들기라도 하는 듯 고통스러웠다. 그런데 한참 뛰다 보니 그 동아줄이 점점 닳아서 힘을 잃어 가는 것이 느껴졌다. 그제야 깨달았다. 시간만이 답이라는 것을. 그 평범한 진리를 몰랐던 나는 새장에 갇힌 새처럼 답답해했고, 아이와 서로 다

현충사의 여름. 멀리 곧추선 나무들이 이국적인 풍경을 연출한다.

른 방향으로 가려고 다투기도 했으며, 공연히 나 혼자 조바심 내고 힘겨워했다. 이제 와서 돌아보니 그럴 필요가 없었는데 말이다. 제아무리 영양가 있는 음식을 먹여 키워도 아이는 때가 되어야 걷는다. 요행도 없고 지름길도 없다. 천재 수준의 아이큐를 지닌 아이라도 세 살이 넘기 전에는 엄마와 한 몸일 뿐이다. 조급해하는 대신 아이가 자라서 자기 발목의 줄을 스스로 풀 수 있을 때까지 기다리면 된다.

육아 선배들의 조언이나 육아 지침서를 통해 '기다리면 해결된다'는 이야기를 일찍이 접했지만, 나는 믿지 않았다. 내게 있어 육아 성경은 스티브 비덜프가 쓴《3살까지는 엄마가 키워라》라는 책이었다. '그래, 남자들 군대 간 거나 마찬가지로 생각하자. 3년간은 무조건 아이만을 위해서 살자.' 그렇게 다짐하고 육아에 전념했다. 그런데 정말 신기하게도 만 세 살을 넘기면서 아이가 달라졌다. 놀이터에서 엄마가 지켜보기만 해도 아이는 혼자 놀았다. 다른 사람을 만났을 때 엄마 바짓가랑이를 붙잡고 뒤에 숨지도 않았다. 그때부터 확실한 믿음이 생겼다. '그렇구나, 아이는 때가 되면 뭐든지 하는구나.' 그 사실을 확인하자 마음이 편해졌다. 이제 아이가 스스로 훨훨 날아갈 때까지 기다리기만 하면 되는 것이었다. 오히려 앞으로 아이와 붙어 지낼 날이 생각보다 짧을 거라는 생각에 그 시간을 맘껏 즐기기로 했다. 그랬더니 어느덧 그날이 온 것이다.

아이가 엄마한테
"엄마, 오늘 늦게 늦게 와, 알았지?"
하고 말하는 그날.

현충사에는 유난히 반송이 많다. 반송은 꽃처럼 '피어난다'는 말이 어울리는 나무다.

나는 일주일에 하루를 온전히 내가 하고 싶은 일을 하며 보내기로 했다. 무슨 일을 할까 고민하다가 아산에 있는 현충사에 매주 가기로 했다. 아산은 내가 태어나고 자란 고향이다. 옛 지명은 온양이었는데, 지금은 아산으로 바뀌었다. 이순신 장군을 모신 사당인 현충사는 내 고향의 가장 큰 자랑거리다. 몇 년 전 아이와 함께 현충사에 갔을 때, 그곳을 소개하는 책이 없는 것을 알고는 언젠가 나 스스로 만들어 보고 싶다는 생각을 막연히 했다. 이제 그 생각을 실천에 옮길 때다. 책을 어떻게 만들지, 비용은 어떻게 충당할지, 그런 세세한 고민은 나중에 하기로 했다. 일단 시작하고 보자. 내가 당장 할 수 있는 일은 무조건 일주일에 한 번씩 현충사에 가는 것이다. 그리고 사진을 찍는 일이다. 그렇게 1년이라는 시간을 들이면 뭔가 결론이 나겠지 하는 생각으로 서초구에 있는 고속버스터미널을 찾았다.

고속버스터미널은 어릴 적 봉천동에 살 때 289번 버스를 타고 온양에 가려고 자주 왔던 곳이다. 아, 고향이란 그런 곳인가. 긴 세월이 흐른 뒤에도 어릴 적 탔던 버스 번호까지 정확히 기억나게 해 주는 존재. 추억 어린 터미널에서 정말 오랜만에 지방으로 가는 버스를 탔다. 예전과 비교하면 버스표 사는 일이 무척 편리해졌다. 무인자동판매기 앞에서 클릭 몇 번만 하면 표가 나온다. 오전에 버스를 타고 내려가는 것을 고려해 운전석 쪽이 아니라 출입구 쪽 좌석을 예매했다. 해가 동쪽에서 드는 오전에 경부고속도로를 달리면 왼쪽으로 따가운 볕을 계속 받으며 가야 해서 불편하기 때문이다. 터미널에서 고속도로에 진입하는 데 시간이 좀 걸리지만, 일단 고속도로에 들어서서 버스 전용 차선으로 진입하면 어느덧 긴장감이 사라지고 그 자리를 설렘이 차지한다. 버스는 그 덩치만큼 무게를 잡고 안정적으로 고속도로를 달린다. 옆 차선에 납작 엎드려 천천히 기어가는 자동차를 보며 슬며시 미소를 지어 보기도 한다. '역시 여행에는 큰 차가 최고야.' 하면서. 만남의 광장을 지나자 비로소 서울을 완전히 벗어난 느낌이 들었다. 높은 가을 하늘이 "축하해. 그동안 수고 많았어. 오늘부터 일주일에 하루는 자유야."라고 말해 주는 것 같았다.

도심의 풍경이 빠르게 멀어진다. 인위적인 것들은 찰나에 사라져 버리지만, 자연의 풍경은 멀리까지도 그대로다. 어딘가로 떠날 때면 늘 그렇듯 이번에도 시간과 공간이 부리는 마법을 느낀다. 누구에게나 주어지는 공평한 스물네 시간. 집안일을 하며 종종거려도, 이렇게 버스에 몸을 맡기고 가만히 앉아 있어도 시간은 간다. 똑같이 흐르는 그 시간에 버스는 나를 전혀 새로운 공간으로 데려다준다.

일상과 다른 특별한 곳에 나를 데려다 놓고, 버스는 다른 사람을 태우러 떠났다. 나는 터미널에서 다시 아산 시내버스를 타고 현충사로 향했다. 날씨는 보통이었지만, 마음만은 파란 하늘처럼 맑고 투명해졌다. 오늘 하루는 복잡할 이유가 없다. 내게 주어진 열두 시간을 현충사에서 보내기만 하면 된다. 집에서 영화를 보다가 물을 마시려고 일어설 때 잠시 정지 버튼을 눌러 놓듯 서울에서의 복잡한 생활을 머릿속에서 일시 정지해 두었다. 세상이 다 멈춘 상태에서 나만 움직이고 있는 듯하다.

나무가 자라기 위해서는 뱀처럼 허물을 벗어야 한다. 두꺼운 껍질이 터져 나가야만 둘레가 굵어진다.

버스가 시내를 빠져나와 충무교에 접어들면, 곡교천 오른편으로 그 유명한 은행나무 길이 보인다. 아직 완벽하게 단풍 들 시기는 아닌데, 군데군데 제대로 노랗게 물든 나무가 몇 그루 있었다. 희한하기도 해라. 모든 조건이 같은데 나무마다 단풍 드는 속도가 왜 다를까? 빌딩 숲에 있는 가로수는 해가 드는 방향이나 시간 등 변수가 많은 까닭에 한 나무에서조차 가지마다 물드는 시기가 다르기도 하다. 그렇지만 이곳 가로수들은 채광이나 기온 등 조건이 거의 같은데도 나무마다 단풍 든 정도가 제각각이다. 하긴 인간사도 마찬가지다. 한 부모 밑에서 나고 자란 자식들도 성격이나 외모가 모두 딴판이지 않나. 때로는 달라도 너무 달라서 정말 같은 부모의 자식인지 의심스럽기까지 하니 말이다.

어느새 버스가 현충사 주차장에 도착했다. 이곳 나무들도 저마다 계절을 맞이하는 속도가 달랐다. 이미 잎이 다 떨어져 앙상하게 가지만 남은 은행나무가 있는가 하면, 초록과 노랑이 반반씩 어울린 나무도 있었다. 그런데 현충사 주차장에서 정말 신기하다고 여긴 것은 따로 있다. 다름 아닌 한적한 주차장이다. 그동안 대부분 여행을 주말에 다니다 보니 어디에 가나 사람으로 북적거렸다. 좀 유명하다 싶은 곳은 그 장소를 보러 간 것인지 사람 구경을 간 것인지 모를 정도로 많은 인파에 휩쓸려 다니곤 했다. 그런데 주말이 아닌 주 중에 현충사에 오니 그런 복잡함이 전혀 없었다. 평일에 오길 정말 잘했어, 하는 생각이 요즘 유행하는 아이돌 그룹의 훅송(특정 감탄사나 후렴구가 반복되는 노래. 듣는 사람의 귀를 '낚는다(Hook)'는 뜻으로 '훅송'이라고 부른다)처럼 내내 머릿속에 맴돌았다.

'와우, 정말 잘했어. 평일에 오길 정말 잘했다고. 사람이 이렇게 없을 수 있다니. 그래, 잘 결정한 거야.'

갈까 말까 망설이지 않고 무작정 버스를 타고 현충사에 왔다는 사실이 뿌듯했고, 생각지도 못한 한적함을 선물 받아 기뻤다. 일단 첫발을 내딛는 데 성공하고 나니 앞으로 굉장한 일들이 벌어질 것 같아 흥분되었다.

반성하다

그 사이 단풍이 많이 들었을까, 혹시 잎이 다 져 버렸으면 어쩌지, 하는 기대와 걱정을 안고 다시 현충사를 찾았다. 생각처럼 많은 변화가 있지는 않았다. 가로수 길의 은행나무도 절반만 물들었고, 현충사 경내에도 특별히 눈에 띄는 변화는 없었다. 딱 하나, 현충사 옛집에 있는 은행나무만 예외였다. 황금빛으로 물든 이 나무만이 홀로 가을의 절정에 달해 있었다. 그래, 오늘의 주인공은 이 나무다! 하는 생각으로 은행나무 주위를 계속 돌며 카메라 각도를 맞추었다.

이렇게 오래된 나무를 보면 경외심이 든다. 이 나무는 기나긴 영욕의 세월을 다 지켜보았을 테지. 환갑만 넘겨도 장수한다고 여기던 시대가 있었다. 그 시대의 인간에게 백 년의 삶은 어떤 의미였을까? 백세 시대라고 하는 오늘날 우리에게도 수백 년 세월의 무게는 상상하기 어렵다. 500살도 훨씬 더 넘었다는 이 은행나무에 처음부터 CCTV가 달려 있었다면 어땠을까, 하는 생각을 해 본다. 그랬다면 1566년 이순신 장

곱게 깔린 은행잎 위에 나무 그림자가 기하학적인 무늬를 덧입혔다.

군이 이곳에서 혼례 치르는 장면도 볼 수 있고, 장인과 함께 무예를 연마하는 모습도 볼 수 있을 텐데. 그런 얼토당토않은 일을 상상하며 은행나무 주변을 맴돌았다. 나무 아래는 온통 샛노란 은행잎 천지다.

은행나무는 '살아 있는 화석'으로 불린다. 뿌리를 찾아 거슬러 오르려면 중생대 쥐라기까지 가야 한다. 쥐라기는 중생대를 다시 셋으로 나누었을 때 가운데에 해당하는 지질 시대다. 약 1억 8천만~1억 3천500만 년 전까지의 시기다. 억, 억, 하는 단위 자체가 제대로 상상이 되지 않는 머나먼 옛날이다. 공룡을 비롯해 쥐라기 시대에 크게 번식한 동식물 95%가 멸종되었다고 하는데, 은행나무는 여전히 살아서 인간에게 지구 역사를 말해 주고 있다. 가을마다 그 화려한 단풍으로 존재감을 유감없이 드러내면서 말이다.

공해로부터 비교적 자유로운 현충사 은행나무의 단풍은 먼지 앉은 도심의 단풍과 차원이 달랐다. 사시사철 푸르른 열대 지방에서만 살아온 사람들에게 낙엽과 단풍은 경이로움 그 자체다. 싱가포르에서만 줄곧 살던 내 친구 한 명은 서울에서 단풍 든 은행나무를 처음 보고 그 소감을 이렇게 표현했다. "나무에 온통 맛있는 과자가 주렁주렁 달린 것 같아 손으로 따 먹고 싶었어." 친구가 서울을 방문한 2000년대 초반만 해도 광화문 앞 세종로 중앙에 은행나무 거목이 일렬로 줄지어 서 있었다. 그 나무들은 1910년부터 일제가 조선의 육조 중심축을 훼손하려고 심은 것이었다. 서울시는 2009년에 광화문광장을 조성하면서 육조거리의 역사성을 회복하고자 은행나무를 모두 다른 곳으로 옮겨 심었다. 이들 은행나무는 광화문 시민열린마당 앞 보도와 정부중앙청사 앞에

세상의 온갖 풍파를 겪어 내었을 500년 된 은행나무.

새로 뿌리를 내려 자라고 있다. 그런데 솔직히 세종로의 은행나무는 도심의 공해 때문에 그리 아름답지 않았다. 하지만 현충사의 은행잎은 달랐다. 친구 말대로 나뭇잎을 따서 음식을 만들어 먹어도 될 만큼 깨끗했고, 그 빛깔 역시 투명할 만큼 선명한 노랑이었다.

은행나무는 완벽하게 아름답고 경이로웠다. 그러나 나는 한순간의 판단 실수로 그날의 아름다움을 붙잡아 두는 데 실패했다. 렌즈를 하나만 가져간 것이 되돌릴 수 없는 실책이었다. 사진가 홍순태 선생님은 목에 카메라 서너 대를 주렁주렁 걸고 세계를 누비며 작업한 것으로 유명하다. 그런데 나는 가방에 렌즈 두 개를 넣어 가는 것도 부담스러워 한 개만 가지고 다녔다. 대신 그때그때 다른 렌즈로 바꿔 가며 다닐 생각이었다. 지난번에 50mm 렌즈를 가져갔기에 이번에는 120mm 렌즈를 챙겼다. 아뿔싸, 120mm 렌즈로는 어디에서 각을 잡아도 나무가 제대로 살지 않았다. 한마디로 사진이 전혀 폼이 안 났다. 계획대로 현충사를 꼼꼼히 둘러보려면 못해도 네 시간은 걸어야 했는데, 4kg짜리 카메라 가방을 메고 다니려니 생각보다 힘들었다. 그때까지 내 작업 스타일이 카메라를 들고 다니며 야외에서 촬영하는 것과는 거리가 멀었기에 더욱 익숙지 않았다. 결국, 사진은 몇 컷 찍지 않고 마음을 비웠다. 그저 편안한 마음으로 이곳저곳 둘러보며 하루를 보냈다.

문제를 발견한 것은 집에 와서 모니터로 사진을 확인했을 때였다. 카메라 CCD(Charge-Coupled Device: 디지털카메라의 부품 중 아날로그 카메라

굵은 팔뚝 하나 잘리고 그 상처를 어루만지느라 진(津)을 흘리는 소나무. 곰팡이를 발견하고서 진이 다 빠진 듯 기운을 잃었던 내 심정을 저 나무는 알까.

의 필름과 같이 이미지를 인식하는 센서)에 다시 곰팡이가 핀 것을 그제야 알았다. 40℃가 넘는 인도의 무더위 속에서 살다 온 카메라. 그 때문에 이미 한 차례 멀리 덴마크까지 가서 수리해 온 전적이 있는데, 똑같은 문제가 다시 발생한 것이다. 기운이 빠졌다. 내 생애 가장 멋진 단풍 사진을 찍을 수 있을 것처럼 흥분해서 은행나무 곁을 맴돌았는데 현실은 '카메라 고장'이라니. 종종 새로운 장비를 꿈꾸지만, 웬만한 중형 자동차 한 대 값인 핫셀블러드 최신형을 장만하기란 언감생심, 불가능하다. 모니터에 띄운 사진을 보니 심란하다. 곰팡이가 번진 모습이 생생히 담긴 사진 속에서 진짜 곰팡이가 스멀스멀 올라오는 것 같았다. 맨눈으로는 보이지도 않는 곰팡이 때문에 진이 다 빠진 듯 기운을 잃고 말았다. 그렇게 한참 모니터를 노려보다가 어떻게든 수습해 보기로 했다. 일단 자주 가는 남대문 수리 센터에 가서 심각한 곰팡이를 제거해야겠다. 작업은 50mm 렌즈로만 하는 것이 좋겠다. 워낙 심도가 얕은 덕에 웬만한 먼지 정도는 찍히지 않는 장점이 있으니까.

그러고 보니 가장 위험한 것은 너무 작아서 잘 보이지 않는다. 2014년 통계에 따르면 세계적으로 1년에 모기 때문에 사망하는 사람이 72만 5천 명이라고 한다. 육안으로 아예 보이지도 않는 바이러스에 의한 사망자는 이보다 훨씬 더 많다. 강풍에 쓰러진 가로수가 길을 막고 있다면 중장비를 동원해 치울 수 있지만, 보이지 않는 적은 대적하기 어렵다. 나태, 슬픔, 무기력 같은 내면의 적 역시 마찬가지다. 보이지 않으니 다른 사람이 어찌해 볼 도리가 없다. 스스로 맞서야 한다. 렌즈 핑계 대지 말고 사진을 찍을 것. 내가 내린 처방이다.

현충사 경내를 걷다가 아름다운 단풍나무 그늘에 앉았다. 이내 가을의 정취에 젖어 들었다.

탄성을 지르다

'아름답다'는 말로는 다 표현할 수 없는 아름다움이 있다. 가을날, 현충사 연못가에서 본 단풍나무가 딱 그랬다. 마치 우연히 들른 카페에서 첫사랑을 만난 것처럼 가슴 두근거리는 기분. 영화 〈노팅힐〉에서 윌리엄 태커(휴 그랜트)가 자신의 서점에서 예기치 않게 유명 여배우(줄리아 로버츠)를 보고 놀라는 그런 기분. 숨이 멎을 것 같은 풍경을 마주한 뒤 그 모습을 글로 묘사해 보고 싶었지만, 아무리 머리를 쥐어짜도 도리가 없었다. 현충사에서 본 그 찬란한 단풍을 한 줄의 문장으로 표현할 수 없을까? 틈날 때마다 머리를 굴려 보았으나 기껏 생각나는 말은 '단풍의 절정'처럼 평범하기 그지없는 표현뿐이었다.

따지고 보면 가을에 단풍잎이 물드는 것은 특별한 일도 아니다. 단풍잎은 해마다 때가 되면 붉게 물든다. 어느 해에 유독 빛깔이 고울 수는 있지만, 그렇다 한들 별스럽게 유난 떨 일도 아니지 않은가. 그러나 이번만은 달랐다. 너무나 아름다운 그 풍경을 사진으로, 글로 그대로 옮

단풍, 붉디붉은 그 빛깔 앞에 발걸음을 붙들렸다.

겨 놓고 싶은 욕심이 났다. 안평 대군은 꿈에서 선경(仙境)을 보고는 화가 안견을 불러 자기가 본 풍경을 묘사해 주고 그림으로 그리게 했다. 그 그림이 바로 〈몽유도원도(夢遊桃源圖)〉다. 꿈에 본 풍경이 얼마나 감동적이었으면 그것을 그림으로 남길 생각을 했을까 싶다가, 그 풍경을 화가에게 하나하나 묘사해 준 안평 대군의 표현력에 새삼 감탄한다. 나는 꿈도 아닌 현실에서 본 단풍나무 한 그루를 묘사하기가 이토록 어렵다는 사실에 절망하고 있었다. 심지어 그날 찍은 사진을 인화해서 보고 또 보면서도 그 나무를 보고 감탄했던 경험을 제대로 표현할 말이 떠오르지 않았다.

현충사 연못가 단풍나무. 바위, 물, 나무가 어우러진 비경이다. 나무 앞에 떨어진 태양 조명이 신비감을 더해 주었다.

그렇게 고민하던 차에 영국의 유명한 디자이너 토머스 헤더윅을 인터뷰한 〈중앙SUNDAY〉 기사를 보고 무릎을 탁 쳤다. '디자이너로서 추구하는 철학은 무엇인가'라는 기자의 물음에 그는 이렇게 대답했다. "일상에서 미처 예상치 못했던 탁월한 매력을 창조하는 일이다. 전혀 생각지 못했는데 '야, 이거 멋지다'라고 탄성을 지르게 되는 경험은 인생을 풍부하게 만들어 준다." 이 인터뷰를 정리한 기사의 제목은 '탄성을 질러 보라, 인생이 그만큼 풍부해질 테니'였다. 그날, 현충사에서 내가 본 광경과 딱 맞아 떨어지는 표현이었다.

정말 그랬다. 그날 현충사 연못가에서 단풍나무를 본 사람들은 하나같이 탄성을 질렀다. 어쩌면 우리는 평소에 탄성을 질러야 하는 상황에서 감정을 절제하고 있는지도 모른다. 탄성을 지르며 멋있다고 이야기했다가 다른 사람들로부터 호들갑 떤다고, 유치하다고, 수준이 낮다고 평가받을까 봐 솔직한 느낌을 애써 감추기도 한다. 하지만 그날 단풍

나무 앞에서는 모든 사람이 탄성을 질렀다.

"와!"
"이것 좀 봐!"
"세상에!"
"너무 예쁘다!"

저마다 내뱉는 단어는 달라도 감동은 하나였다. 단풍나무를 본 사람들은 내내 탄성을 지르며 사진 찍기에 바빴다. 나도 마찬가지였다. 두 번 다시 볼 수 없을 아름다운 광경을 마주친 것처럼 미친 듯이 사진을 찍기 시작했다. 많은 사람이 정말 아름다운 풍경을 보게 되면 사랑하는 이를 떠올린다. 함께 와서 봤으면 얼마나 좋았을까 하면서 말이다. 사진을 다 찍고 나니 행복하면서 미안한 마음이 들었다. 내 눈이 누리는 호사에 행복했고, 이런 아름다움을 가족에게 보여 주지 못해서 미안했다.

연못 주변을 다 돌아보고 옛집으로 가는 샛길로 향했다. 그 길에 또 다른 단풍나무가 두 번째 향연을 펼치고 있었다. 연못가 나무의 단풍이 선명한 주(朱)색이라면 샛길의 단풍은 유화물감을 짜 놓은 듯한 홍(紅)색이었다. 단풍나무의 전체 높이는 3m가량 될 듯했고, 옆으로 뻗은 가지가 드리워 주는 그늘은 내 보폭으로 다섯 걸음이 넘었다. 아주 커다란 단풍나무 우산 같았다. 관광객이 어느 정도 지나간 다음에 나는 그 나무 그늘로 들어갔다. 붉디붉은 단풍나무가 소란한 세상과 나를 분리해 주었다. 아름다운 나무와 나. 우리 사이에 존재하는 것은 오직 탄성뿐이었다.

이슬람교 신자들에게 정원은 신이 인간에게 주는 최고의 선물, 천국과 같은 의미다. 메마른 사막 지대에 사는 중동 사람들에게 정원은 지상 낙원, 즉 파라다이스였다. 파라다이스(paradise)의 어원에는 '벽으로 둘러싸인'이라는 뜻이 있다. 삭막한 바깥세상과 달리 벽 안쪽에 가꾸어 놓은 정원은 그야말로 낙원일 터. 그런 곳에서는 벽을 쌓고 그 안쪽에 물과 나무와 꽃을 애써 가꾸어 정원을 만들어야 한다.

우리나라는 다르다. 존재 그 자체로 아름다운 자연이 있기에 인위적으로 꾸미지 않아도 된다. 그래서 조상들은 차경(借景), 즉 경치를 빌려 온다고 표현했다. 굳이 울타리 안에 정원을 가꾸지 않아도 창밖으로 보이는 앞산, 뒷산의 풍경 그 자체가 예술이었기에 정원에 대한 욕심이 없었던 것이다. 오히려 빌려 온 자연을 감상하는 데 방해될까 봐 아예 아무 나무도 심지 않고 마당을 비워 두기도 했다. 그래서 우리나라 정원 중에는 첫눈에 탄성이 절로 나오는 그런 비현실적인 공간이 많지 않다. 아름다운 풍경을 보려고 길을 나서는 여행자 입장에서는 조금 아쉽기도 하다. 현충사에서 본 단풍은 이 같은 서운함을 단박에 날려 주었다. 단풍나무가 있는 연못은 천국의 풍경이라 해도 과하지 않을 만큼 아름다웠으며, 오래도록 잊지 못할 강렬한 인상으로 남았다.

나는 사람들에게 아름다운 나무를 보면 바깥에서만 보지 말고 그 나무 안으로 들어가 보라고 권한다. 길게 드리운 가지 아래로 들어가 바깥을 내다보는 느낌은 밖에서 나무를 볼 때와 완전히 다르다. 나무의 또

가을의 심연으로 들어가는 단풍나무 사잇길. 누구라도 탄성을 지를 수밖에 없을 것이다.

다른 모습이 거기 있다. 특히 단풍 든 나무라면 햇살이 나뭇잎 사이사이로 스며들어 단풍 빛깔이 더욱더 곱고 찬란하다. 그렇게 눈앞에 펼쳐지는 초현실적인 풍경을 보았다면 그다음 할 일은 딱 하나. "탄성을 질러 보라, 인생이 그만큼 풍부해질 테니."

홀로 걷다

아침부터 비가 내렸다. 성긴 물 조리개로 조심조심 흩뿌리듯 내리는 가을비였다. 가을비는 날씨를 핑계로 게으름 피우려던 나를 오히려 다독여 주었다. 이렇게 비가 조근조근 내리면 예상치 않았던 근사한 풍경을 볼 수 있을지도 모른다. 그러니 빨리 나갈 준비를 하라고 신호를 보내는 것 같았다.

고속버스를 타고 가는 동안 유리창에 부딪혀 흘러내리는 빗방울을 보며 사진 찍기에 좋은 날씨인지 아닌지 가늠해 보았다. 빗물은 소리 없이 조용히 방울져 내리다가 금세 사라졌다. 이 정도 비는 일상적이지 않은 풍경 사진을 찍기에 더할 나위 없이 좋다. 물리적으로도 비가 세차게 내리면 혼자 우산 쓰고 촬영하기가 어렵지만, 이 정도면 가능하다.

현충사에 도착해서 보니 예상이 적중했다. 지난주, 그 황홀했던 단풍이 낙엽이 되어 두꺼운 카펫처럼 바닥에 깔려 있었다. 빗물에 젖은 단

부서지는 햇살 아래 단풍나무는
그 본질을 드러낸다.

풍잎은 채도가 말할 수 없이 높아져 색이 더욱더 진해졌다. 볕 기운이 전혀 없는 구름 낀 날씨가 '가을 = 고독'이라는 등식을 떠올리게 해 주었다.

현충사 경내 16만 평. 그 너른 땅이 한순간 나만을 위한 무대가 되었다. 내 평생 이렇게 아름답고 넓은 공간을 혼자 소유한 적이 있었던가? 우리나라에서 최고 부자라는 이건희 회장 저택이 겨우 600여 평이라고 하던데 나는 그 몇 배나 넓은 이곳을 독차지하고 아름다움을 만끽하고 있다. 전생에 나라를 구했나 보다. 비록 단 몇 시간이지만, 나는 현충사를 소유했다. 세금을 낼 필요도 없다. 수십 명의 정원사를 고용하느라 골치 아플 필요도 없다. 비 오는데 혼자 청승맞게 우산 쓰고 뭘 하느냐고 핀잔하는 사람도 없다. 홀로 이 가을을 즐기기만 하면 된다.

이렇게 고요할 수가 없다. 자전하는 지구에 사는 것은 1초에 400m씩 움직이는 것과 같고, 지구는 30km/s의 속도로 태양 주위를 돌고 있다는데, 이 고요와 정적은 대체 어디서 오는 것일까.

버지니아 울프는 그녀의 책《자기만의 방(A room of one's own)》에서 여성이 소설을 쓰기 위해서는 돈과 '자기만의 방'이 필요하다고 했다. 그녀가 살았던 시대는 비로소 남녀 불평등을 인식하고 사회가 서서히 바뀌어 가는 전환기였다. 민주주의가 발달했다는 영국에서조차 모든 여성이 남성과 동등한 참정권을 가진 것은 1928년이었다. 이 책이 처

대지가 화려한 융단을 덮었다. 작은 잎새들로 촘촘히 엮은 붉은 융단.

뚜렷하게 대비되는 색체에서 추상적인 아름다움을 느낀다.

음 출판된 해는 1929년이다. 버지니아 울프는 그전까지 비교적 성공적으로 작가 활동을 해 오고 있었다. 그러나 그녀는 자신만이 누리는 특권을 향유하는 데 안주하지 않았다. 오히려 보통 여성들이 그동안 노예처럼 차별받고 비인간적인 삶을 살았다는 사실에 주목했다. 그러한 사회를 바꾸고 싶은 열망을 담아 그녀는 강연을 했고, 그 강연 내용을 정리해 출판한 것이《자기만의 방》이다.

나는 울프의 말을 조금 변형해 인용하고자 한다. 고달픈 세상사의 시름을 잊고 삶을 재충전하기 위해서는 '자기만의 장소(A place of one's own)'가 있어야 한다. 옛날에야 교통이 발달하지 않아 통행이 자유롭지 않았지만, 요즘 세상은 원하면 어디든 갈 수 있는 이동의 자유가 있지 않은가. 나만의 방을 소유할 형편이 아니라면 나만의 아지트를 찾아보자. 그리 어렵지 않다. 동네 어린이 놀이터만 해도 오전에는 한적하고, 서울에서는 전철을 타고 시내만 벗어나면 도봉산, 북한산, 관악산 등이 지척이다. 가까운 동네 카페만 찾아가도 한 평 공간은 차지할 수 있다.

나는 한 해 동안 현충사를 출가지로 정했다. 반복되는 생활에 지칠 때 어디 갈까 고민할 필요 없이 버스를 타고 현충사로 향한다. 이렇게 가을비가 내리는 날에는 콧노래도 흥얼거린다. 그룹 '다섯손가락'의 〈수요일엔 빨간 장미를〉이라는 노래다. 대학 시절, 친구와 이런저런 이야기를 나누며 마포대교를 건널 때 불렀던 노래를 오늘은 혼자 조용히 불러 본다.

노래를 부르며 향한 곳은 그동안 가 보지 않았던 구(舊)현충사 본관이다. 현충사 경내에서 제일 외진 곳이다 보니 정말 사람이 단 한 명도 없었다. 구(舊)본전 앞에 있는 반송을 촬영하고 충의문으로 나가려다가 빗속에서 낙엽을 줍고 있는 여자를 보았다. 순간 동지애를 느꼈다. 그녀도 나처럼 이 황홀한 현충사의 가을을 마음껏 누리고 있었던 것이다.

예쁜 나뭇잎을 골라서 책갈피에 반듯하게 끼워 말리는 행위는 지난 20세기의 유물이라고 누군가 말했다. 그녀가 빗속에서 주운 낙엽을 책갈피에 끼웠는지는 알 수 없다. 그러나 20세기의 유물이 되어 버린 그 행위에 담긴 작은 설렘을 나는 안다. 가끔 오래 간직하고 있던 책을 뒤적이다가 언제 끼워 두었는지 기억도 나지 않는 나뭇잎을 발견할 때, 어떤 추억의 냄새가 나를 덮치는 경험을 한다. 그 추억이 무엇인지 구체적으로 떠오르지 않아도 과거 어느 순간으로 아주 잠깐 추억 여행을 다녀온 기분을 느끼게 된다. 20세기의 유물이 부리는 마법이다. 훗날 그녀에게 오늘의 설렘이 다시 전해지기를 바라 본다.

굵은 나뭇가지 사이에 빨간 하트가 반짝인다.

사진사에게 듣다

한 달이 넘게 매주 한 번씩 현충사를 찾았더니 나를 알아보는 사람이 생겼다. 이곳을 일터로 삼고 있는 사진사 아저씨다. 궁금하셨나 보다. 대체 뭘 하기에 일주일에 한 번씩 여자 혼자 카메라 메고 꼬박꼬박 오는지 말이다. 현충사에 관한 책을 쓰려 한다고 솔직히 말씀드렸다. 그 말에 사진사 아저씨는 자신이 알고 있는 현충사의 내력을 줄줄이 풀어 놓으셨다. 알고 보니 이 아저씨, 현충사 성역화 사업을 시행할 때부터 이곳을 지키고 있던 터줏대감이었다.

성역화 사업 이야기를 하기 전에 먼저 현충사가 어떤 곳인지 알고 넘어가자. 현충사 홈페이지의 소개 글을 정리해 보면 다음과 같다.

이곳은 원래 충무공 이순신 장군이 혼인 후 무예를 연마하며 구국의 역량을 기르던 장소다. 훗날 이 뜻깊은 장소에 사당을 세운 것이 바로 현충사다. 1706년(숙종 32년), 충청도 유생들이 숙종 임금께 사당 건립을

경건한 마음으로 향을 피우고 이순신 장군께 참배했다.

경건한 마음으로 묵념
또는 재배하시기 바랍니다.

상소했고, 조정에서 이를 허락해 이순신 장군의 사당을 세웠다. 1707년에 숙종 임금이 친히 현충사(顯忠祠)란 액자를 하사했다.

1868년(고종 5년) 대원군의 서원 철폐령에 따라 수많은 서원과 사당이 없어졌는데, 현충사도 그중 하나였다. 이후 일제 강점기에 이순신 장군의 묘소가 경매로 일본인의 손에 넘어갈 지경에 처했다. 그러자 민족 지사들이 '이충무공 유적보존회'를 조직하고 동아일보사의 협력으로 성금을 모아 1932년에 현충사를 중건했다.

현충사 성역화 사업은 1966년에 박정희 대통령이 추진했다. 이듬해인 1967년, 1932년에 중건한 옛 사당 위쪽에 새로운 현충사를 준공했으며, 해마다 이순신 장군 탄신일인 4월 28일에 정부 주관으로 제사를 올린다.

2011년에는 전시관과 교육관을 갖춘 '충무공 이순신 기념관'을 건립했다. 전시관에는 이순신 장군과 임진왜란에 관한 각종 유물이 전시되어 있고, 교육관에서는 장군의 정신과 위업을 선양하는 강의와 세미나가 열린다.

성역화 사업이 마무리된 1974년 이후 현충사는 국민 관광지가 되었다. 고등학생들의 수학여행 장소이자 갓 결혼한 부부의 신혼여행지로 명성이 자자했다 한다. 그 시절에는 카메라가 귀했다. 그래서 많은 사람이 관광지에 있는 사진사들한테 부탁해서 기념사진을 찍었다. 현충사라고 예외일 쏘냐. 이곳에 사진사가 최고로 많았던 때는 스무 명이 넘었다고 한다. 얼마나 많은 사람이 현충사에 다녀갔는지 짐작할 만하다. 가히 국민 관광지답다.

사진사 아저씨를 만난 뒤 집에 있는 내 보물 상자를 열어 보고 깜짝 놀랐다. 보물 상자라고 해서 귀금속이 들어 있는 상자는 아니고, 내 초등학교 성적표부터 돌아가신 할아버지의 편지, 중학교 때 친구들에게 받은 편지 등을 간직하고 있는 낡은 가방이다. 이 가방 안에 현충사 사진엽서가 세 장 있었다. 초점도 제대로 맞지 않은 형편없는 사진이지만, 연못가 주변의 키 작은 나무들이 자라 지금의 거목이 된 것을 확인할 수 있었다.

나중에 친척들 이야기를 듣고 또 한 번 놀랐다. 성역화 사업이 진행되던 당시 육촌 오빠들이 중학생이었는데, 그때는 이 지역 학생들이 의무적으로 공사에 참가해 돌과 기와를 지고 날랐다고 한다. 현충사가 국민 관광지가 된 뒤로는 서울에서 교련복을 입고 참배하러 오는 고등학생들이 많았다. 당시 고등학생이었던 언니의 말에 따르면 학생들이 참배하러 오는 기간에 이 지역 여학생들은 외출을 금지당했다고 한다. 서울에서 온 남학생들과 무슨 일이 일어날까 봐 그랬다나 뭐라나. 이런 이야기를 듣고 있으니 현충사와의 인연이 서서히 드러나는 것 같아 놀라웠다.

현충사에서 만난 인연, 사진사 아저씨는 이런저런 설명과 함께 현충사 곳곳으로 나를 안내해 주었다. 그는 역대 대통령이 참배하러 오는 모습도 다 지켜봤다고 했다. 그러면서 성역화 사업 후 박정희 대통령이 기념 식수한 금송에 관해 이야기했다.

현충사 마지막 사진사의 일터. 최근 연못 주변을 새단장하면서 없어지고 말았다.

사실 박정희 대통령은 현대사에서 논란의 쟁점이다. 내가 대학교에 입학하고 나서 제일 혼란스러웠던 것 중 하나가 우리 현대사다. 대학생이 되어 알게 된 역사와 고등학교에서 배운 역사가 너무나 달랐기 때문이다. 고등학교에서 배운 역사는 너무도 왜곡되어 있었다. 도대체 무엇이 진실인지 알 수 없을 정도였다. 하지만 솔직히 말하자면 신입생 때 선배들로부터 배운 역사도 편파적이었다. 박정희 대통령이 독재자였던 것은 맞지만, 하나하나 따지고 보면 긍정적으로 기여한 부분도 있다. 하지만 그때는 모든 업적을 인정하지 않고 오로지 독재자 박정희로만 몰아가는 것이 대학 내 역사 교육의 흐름이었다.

현충사에 관해서도 마찬가지였다. 박정희 대통령이 군사 정권을 정당화하기 위해 무관이었던 이순신 장군의 사당 현충사를 과대 포장해서 성역화했다는 것이 당시 운동권 선배들의 논리였다. 그런 설명에 나도 수긍했다. 어쩌면 이순신 장군이 정말 위대하고 대단한 사람이 아닌데 정권의 의도에 따라 만들어진 영웅일지도 모른다는 생각이 들었다. 그렇게 대학교를 졸업했다. 이순신 장군을 그냥 역사책에 나오는 위인, 그 이상도 이하도 아닌 정도로 여긴 채로 말이다.

그러다가 김훈의《칼의 노래》를 읽고 이순신 장군에 관한 오해를 풀 수 있었다. 이순신 장군이야말로 진정 위대한 영웅이었다. 그때부터 나는 장군에 관한 자료를 찾아보기 시작했고, 결국은 현충사를 제대로 알고 싶다는 생각으로 여기까지 왔다.

마침 사진사 아저씨를 만난 덕분에 현충사의 가치를 제대로 알게 되었다. 특히 대원군 때 철폐된 사당을 일제 강점기에 복원한 기록을 보고 가슴이 찡했다. 사당을 복원한 주체가 국가가 아닌 백성이었다는 사실에 감동했다. 이순신 장군은 박정희 대통령 개인의 영달이나 취향 때문에 우상화된 영웅이 아니라 예부터 온 국민이 존경해 온 진정한 영웅이었음을 그 기록이 증명하고 있었다.

1931년 5월 23일 '이충무공 유적보존회'가 조직되어 동아일보사와 함께 연 2만 명의 인원으로부터 총 1만6천21원 30전의 성금을 모아, 기사가 나간 지 불과 한 달 만에 2천272원 22전의 빚을 갚고 남은 돈으로 현충사를 중건하게 되었다. 그리하여 종가에서 가까운 지금의 본전 바로 아래에 정면 3칸 측면 2칸의 맞배지붕 형식의 목조 기와집을 지어 올리고 그때까지 종손이 보관해 오던 숙종의 사액 현판을 다시 달았다. 1932년 6월 5일 전국 각지에서 온 3만여 명의 군중이 모인 가운데 현충사 낙성식과 동아일보 전속 화가 이상범이 그린 영정 봉안식이 열렸다.

— 김대현, 《충무공 이순신》, 104쪽

당시의 모습을 기록한 자료 사진을 보면 이순신 장군이 백성으로부터 얼마나 많은 존경과 사랑을 받고 있는지 알 수 있다. 1932년 6월 5일에 거행된 영정 봉안식에는 전국에서 물밀 듯이 모여든 3만여 명의 인파로 아산 시내가 온통 축제 분위기였다고 한다. 이순신 장군과 관련해서 지금까지 남아 있는 공덕비, 추모비, 사당 중에도 지역 주민이나 개인이 장군을 추모하기 위해 세운 것이 많다. 이렇듯 이순신 장군은 백성의 마음에 영원한 등불로 살아 있다.

민족의 자존심으로 보존된 현충사는 6·25 전쟁을 겪으면서 폐허가 되다시피 했다. 그러다 박정희 대통령에 이르러 성역화 사업이 진행된 것이다. 1962년에 현충사 경내 면적은 1천345평이었는데, 성역화 이후 지금처럼 16만 평으로 확장되어 연간 100만 명이 넘는 참배객이 방문할 정도로 전 국민의 관심을 끌었다고 한다.

사진사 아저씨의 설명과 함께 이곳저곳을 둘러보다가 박정희 대통령이 심었다는 금송 앞에 이르렀다. 나무는 본전으로 올라가는 중앙 계단 왼쪽 담장 바로 옆에 있었다. 일부러 찾아가 보지 않으면 그냥 지나칠 만한 곳이었다.

충의문에서 바라본 현충사 본전.

박정희 대통령의 금송은 지금까지 논란거리로 남아 있다. 금송은 일본 소나무다. 더욱이 일본 천왕을 상징하는 나무라는 것이 큰 문제다. 박정희 대통령이 개인적으로 금송을 좋아해서 심었는지 다른 의도가 있었는지는 정확히 알 수 없다. 하지만 그 당시에는 금송의 의미를 몰랐을 수도 있고, 알았다 한들 서슬 퍼런 군사 정권 아래서 대통령이 심은 나무를 훼손하기란 어려운 일이었을 것이다. 그러나 지금은 다르다. 이미 토착화했으니 그냥 두자는 주장은 변명에 지나지 않는다. 민족정기를 논하며 광화문 같은 큰 건축물도 허물고 새로 짓는 마당에 나무 한 그루 베어 내기가 뭐 그리 어렵겠는가. 왜적으로부터 나라를 구한 이순신 장군을 모신 곳에 일본 소나무는 말이 안 된다. 지금이라도 당연히 베어 내야 한다.

참고로 박정희 대통령은 현충사뿐 아니라 퇴계 이황 선생을 모신 도산서원도 성역화했는데, 그곳에도 금송을 기념 식수했다. 하지만 1970년에 박정희 대통령이 도산서원 성역화를 기념해 심은 금송은 2년 뒤에 말라 죽었고, 당시 안동군에서 같은 수종의 나무를 구해 다시 심은 것이 계속 자라고 있었다. 그러나 이 나무는 40여 년간 박정희 대통령이 심은 것으로 알려져 있었으며, 퇴계 이황의 학문을 기리는 도산서원에 일본 수종인 금송은 적절치 않다는 논란이 끊이지 않았다. 이 논란이 잘 반영된 예가 1천 원짜리 지폐다. 1천 원짜리 구권에는 도산서원과 함께 금송이 그려져 있었으나 신권에는 금송이 빠졌다. 그리고 지난 2013년, 비로소 금송이 서원 밖으로 옮겨졌다. 도산서원의 경관을 해친다는 것이 그 이유였다.

다시 현충사로 돌아오자. 현충사에 자주 가다 보니 이곳의 나무도 일부는 다른 곳으로 옮겼으면 하는 생각이 든다. 경관상 지금의 자리가 어울리지 않는 나무가 더러 보인다. 특히 본전 안에 있는 나무들이 그렇다. 처음부터 자연미를 강조한 정원이라면 어색하지 않겠지만, 전체적으로 좌우 대칭을 맞추어 놓은 곳에 한두 그루가 질서를 깨트리고 있으면 그 불균형이 눈에 거슬리게 마련이다. 본전 밖은 지금 그대로 자연스럽게 두더라도 본전 마당은 좀 더 세심하게 관리했으면 하는 바람이다. 무엇보다 논란의 대상인 금송부터 다른 데로 옮기든 베어 내든 했으면 좋겠다.

현충사를 중건한 1932년은 일제 강점기였다. 그 어려운 시기에 백성이 십시일반 성금을 모아 현충사를 세웠다는 사실을 다시 한 번 상기한다. 그리고 성역화 사업을 벌이던 1960년대 우리나라 GNP는 82달러였다. 오늘날 우리나라 국민소득은 2만8천300달러에 이르렀다. 이제 이순신 장군을 우리만의 영웅으로 아는 데 그치지 않고 세계적으로 알리기를 기대해 본다.

견디다

단풍의 절정은 딱 일주일이다. 그 화려한 향연이 끝나면 사람들 발길도 뚝 끊긴다. 단풍으로 유명한 관광지들이 특히 그렇다. 현충사도 예외가 아니었다. 단풍이 스러진 현충사는 고요하기만 했다. 날씨도 하루가 다르게 추워지니 현충사를 찾는 사람이 더욱 줄었다.

초겨울, 이제 눈이 내리기 전까지는 별다른 풍경이 연출되지 않을 거라는 생각으로 아무 기대 없이 현충사를 찾았다. 그런데 아! 저 노오란 모과, 앙상한 나뭇가지에 주렁주렁 매달린 주먹만 한 모과. 뜻밖의 선물을 받은 기분이었다. 특히나 현충사 본전 앞에 있는 모과나무 두 그루는 가지가 늘어질 정도로 많은 열매를 매달고 있었다. 모과는 전혀 춥지 않다는 듯 초겨울 햇살 아래 눈부시게 빛나고 있었다.

모과는 서리를 맞아야 그 향기가 진해진다고 한다. 일부러 냄새를 맡으려고 코끝에 가까이 대지 않아도 그저 손에 쥐는 순간 아득하게 퍼

현충사 본전 앞, 비를 맞고 향기를 더해 가는 모과.

져 나오는 향기. 긴장된 마음마저 스르륵 풀어 주는 모과 향기는 그렇게 서릿바람을 견디고 완성된다. 농부들이 절기를 따져가며 씨를 뿌리고 농작물을 키우는 까닭은 다름 아닌 된서리를 피하기 위해서다. 싱싱하게 잘 자라던 작물이 서리 한 번에 얼어 죽을 수도 있으므로 된서리가 내리기 전에 농작물을 수확해야 한다. 그러고 보면 서리를 다 맞고도 몇 주 동안 숙성 기간을 거쳐 무르익는 모과는 가을걷이로 바쁜 농민의 수고를 덜어 주는 기특한 열매인 셈이다.

나무에서 다 익었다 해도 모과를 따서 바로 먹을 수는 없다. 대체로 말리거나 설탕에 절여 모과차를 만들어 먹거나 잼, 절편, 타르트 등 여러 형태로 가공해서 먹는다. 모두 시간과 노력이 필요한 일이다. 생긴 것도 호박 저리 가라고 할 만큼 못생겼다. 오죽하면 '어물전 망신은 꼴뚜기가 시키고, 과일 망신은 모과가 시킨다'는 말이 있겠나. 과일 특유의 달콤하고 부드러운 맛도 없다. 그러니 다른 과일처럼 날것 그대로 먹지 않고 설탕 등으로 단맛을 더해서 먹는다. 겉으로 드러나는 매력이라고는 오로지 은은한 향기 하나뿐이다. 이렇게 모과의 특징을 나열하고 보면 아무짝에도 쓸모없는 과일로 여겨진다. 하지만 모과의 효능은 한둘이 아니다. 감기에 좋다는 것은 널리 알려진 사실이고, 위에도 좋으며, 설사를 멎게 할 때, 입덧을 가라앉히는 데도 효과가 있다. 겨울마다 달콤한 모과차로 감기를 예방해 본 사람이나, 잘 익은 모과를 책상 한 귀퉁이에 놓고 지내 본 사람이라면 그 가치를 알 것이다. 향기 좋은 모과 한 개로 기나긴 겨울을 얼마나 즐겁게 날 수 있는지 말이다.

언젠가 마당 있는 집을 갖게 되면 모과나무 한 그루쯤은 꼭 심고 싶다. 고맙게도 모과나무는 질병과 추위에 강해서 어떤 토양에서든 잘 자란다고 한다. 서리를 견디고 무르익은 모과를 따서 집으로 찾아온 지인들 손에 한두 개씩 들려 보내고 싶다. 상상만 해도 즐겁다.

그동안 현충사에 갈 때마다 당연히 본전에 들렀다. 본전 앞에 이르면 제법 숨이 차기에 왼쪽에 있는 모과나무 그늘에 앉아 한숨 돌린 적도 많다. 본전은 다른 곳보다 더 경건한 마음이 드는 곳이다. 카메라 셔터 소리마저 조심스러워 한참 동안 사진도 찍지 않고 이런저런 생각에 잠긴 적도 있다. 그래도 매번 모과나무와 현충사 본전 사진을 몇 장씩은 찍곤 했는데, 그날처럼 모과나무가 강한 인상을 남긴 적은 없었다. 흔히 하는 말로 '사람은 시련을 통해 강해진다'고 한다. '비 온 뒤에 땅이 굳는다'는 속담도 있다. 과일로 치자면 모과에 딱 들어맞는 비유다. 서리 맞은 뒤에 더욱 향기로워지는 모과. 나도 모과와 같은 자세로 시련을 견디겠노라 비장한 각오까지 하게 된다.

잎을 대부분 떨어트리고 열매만 주렁주렁 매달고 있는 모과나무를 사진에 담고 본전으로 가 이순신 장군에게 참배했다. 다른 사람들은 참배할 때 어떤 마음을 지닐까? 처음에 나는 막연히 감사하다는 말을 속으로 되뇌었다. 그런데 언제부터인지 모르게 소원을 빌게 되었다. 그날도 참배하며 소원을 빌었다. 그러다가 문득 부끄러워졌다. 그토록 열악한 상황에서 있는 힘을 다해 나라를 구했는데, 이제 편히 쉬시기를 기원하기는커녕 나의 어려움을 호소하고 일이 잘되게 해 달라고 부탁하다니…. 내 이기심에 나조차 놀랐다. 모과처럼 시련을 견디고 향기 나는 사람이 되겠다고 마음먹은 지 하루, 아니 한 시간도 지나지 않아 다시 속물이 되고 만 것이다. '장군님, 그게 아니고요, 그러니까, 모과 같은 사람이 되게 해 주세요.' 아, 이것도 아닌가? 그래, 소원을 빌 일이 아니다. 그저 스스로 해낼 일이다. '장군님, 제가 노력할게요. 지켜봐 주세요.'

떨쳐 내다

겨울을 한마디로 정의하면 '햇빛이 부족한 계절'이라 할 수 있다. 물론 얼음이 얼고 눈이 내린다는 사실도 겨울만의 특징이지만, 그 모든 것이 햇빛이 부족해서 생기는 현상이다. 더욱이 햇빛은 사람의 감정을 좌우할 만큼 중요한 요소다. 겨울만 되면 우울해진다는 사람이 많은데, 그런 사람들의 공통점은 겨울이 지나면 괜찮아진다는 것이다. 다시 일조량이 늘어나는 봄이 오면서 우울증도 자연스럽게 치유된다. 하지만 그렇게 되기까지 지난한 겨울을 견디기가 당사자들에게는 너무나 힘이 든다. 이러한 증상에 관해 1984년, 영국의 정신과 의사인 노먼 로젠탈은 '계절성 정서장애(SAD: Seasonal Affective Disorder)'라는 이름을 붙이고 그 치료 방법을 연구하기도 했다. 일반적으로 15% 정도의 사람들이 겨울이면 심하게 우울증을 앓는다고 한다. 보통 '겨울 우울증(Winter Blues)이라고도 하는데, 특히나 햇빛이 절대적으로 부족한 북유럽에서는 이 증세를 심각한 병으로 여긴다. 그래서 이 문제를 해결하고자 마을 단위로 대형 인공 태양을 설치하기도 한다.

충의문 지붕에도, 긴 담장에도, 너른 마당에도 골고루 눈이 쌓였다. 배롱나무 가지 너머로 보이는 공평한 풍경.

나 역시 겨울만 되면 약간의 우울감으로 행동이 둔해지고 의욕을 잃곤 했다. 그런데 이번 겨울은 정도가 더 심했다. 살다 살다가 영화 보기나 여행하는 것조차 재미없고 귀찮아진 것은 이번이 처음이다. 전에는 우울할 때 영화를 보면 기분 전환이 되었고, 여행을 통해 새로운 즐거움을 찾곤 했는데, 세상에, 그 모든 것이 시들했다. 인정하기 싫지만, 나이 탓일 수도 있다. 겨울 동안 나는 반드시 해야 하는 최소한의 일만 하고 종일 침대에 누워 있었다. 아이가 없었다면 정말 아침부터 밤까지 꼼짝 않고 누워만 있었을지도 모른다. 그렇게 '생물'이 아니라 '사물'이 되어 버렸을 것이다. 적어도 하루에 30분 이상 햇볕을 쬐어야 뇌에 비타민 D가 생성되고, 그것이 뇌 속 신경 전달 물질인 '세로토닌' 분비를 활성화해 우울감을 떨쳐 버릴 수 있다고 하는데, 종일 이불 속에 누워만 있으니 우울증이 더 심해질 수밖에 없었다.

그렇게 끝 모를 우울증으로 고생하던 어느 날, 아침에 일어나 보니 눈이 많이 내려 있었다. 카메라를 챙겨 들고 다시 현충사로 향했다. 추운 날씨를 워낙 싫어하는 체질에다 도로 사정도 걱정되었지만, 책을 만들려면 겨울 사진도 있어야 한다는 의무감으로 무거운 몸과 마음을 채찍질했다. 다른 곳에는 눈이 쌓여 있었지만, 고속도로 사정은 좋았다. 오히려 눈 때문에 사람들이 차를 덜 몰고 나온 덕분인지 평소보다 도로가 한산해서 최단시간에 아산 버스터미널에 도착했다. 터미널에서 버스를 갈아타고 가는 길에 보이는 들판의 풍경이 고즈넉하고 아름다웠다. 온통 눈으로 하얗게 덮인 세상은 평등해 보였다. 오랜만에 심장이 두근거렸다.

현충사에 도착하자마자 그 아름다운 풍경에 일순간 세상 시름을 잊었다. 인간이 그 무엇으로 이렇게 세상을 고루 하얗게 만들 수 있을까. 자연의 힘에 경탄하며 현충사 곳곳을 걸어 다녔다. 운 좋게 바람도 잠잠했고, 귀가 떨어져 나갈 듯 기온이 떨어지지도 않았다. 눈 속에 몇 시간을 걸어 다니며 사진을 찍어도 견딜 만한 추위였다. 나는 걷고 또 걸었다. 오후 5시 10분 전, 현충사 문을 닫을 예정이라는 방송이 들릴 때까지 쉬지 않고 걸었다.

겨울 우울증이야말로 자연을 멀리하고 사는 현대인의 대표적인 질병임을 실감했다. 밖에 나가서 걷기만 해도 밝은 기운이 어느 정도 충전되는데, 우리는 너무 실내에서만 생활하니 탈이 난다. 사실 올해의 심각한 우울증은 계절 탓만은 아니다. 나이 듦과 생활의 고단함이 공명을 일으켜 우울감이 극대화된 것이다. 결국, 스스로 극복할 수밖에 없는 문제다. 어쨌든 겨울 우울증에 가장 좋은 치료제는 햇볕인데, 일단 이 병에 걸리면 햇빛을 피해 숨어 버린다는 게 문제다. 그러니 어떻게든 환자를 어둠 속에서 끌어낼 동기를 찾는 것이 관건이다. 그 동기는 사람마다 다를 것이다. 내게는 현충사가 있었다. 나를 침대 밖으로 이끈 내 카메라와 늘 그곳에서 나를 기다리는 고요한 현충사. 우울증을 한참 앓다가 뒤늦게 치료제를 찾은 것이 아쉽기도 했지만, 늦게라도 찾을 수 있어서 얼마나 다행인가 하는 마음으로 서울행 버스에 몸을 실었다.

1년 넘게 현충사에 다니면서 갈 때마다 현충사 본전을 촬영했지만,

마음에 딱 드는 사진은 없었다. 배롱나무에 꽃이 피었을 때 그나마 이 정도면 괜찮겠다 싶은 사진이 나왔다. 하지만 그 역시 본전의 모습을 조금 더 멋지게 꾸며 준 것에 지나지 않았다.

현충사에 매주 다니기로 하고 실행에 옮긴 것은 가을이었다. 가을 내내 아름다운 단풍으로 눈 호사를 누리다가 그해 겨울을 맞이했다. 나무들이 앙상해지는 겨울은 멋진 풍경 사진을 얻기가 어렵다. 한번은 눈이 내린 뒤에 현충사를 찾았지만, 눈이 너무 빨리 녹아 버려서 마음에 드는 사진을 찍지 못했다. 그렇게 다시 봄을 맞이하고, 여름과 가을을 보내며 1년이라는 시간을 현충사와 함께했다.

사진을 정리하고 원고 작업을 마쳐갈 즈음, 겨울 우울증도 털어낼 겸 찾아간 현충사. 그날 푸른 기와 위에 하얀 눈이 쌓인 현충사 본전을 보고 알게 되었다. 사계절 중에서 눈이 내린 겨울날 풍경이 가장 아름답다는 것을. 그렇게 현충사에서 보낸 두 번째 겨울에 나는 가장 마음에 드는 현충사 사진을 찍었고, 아주 약효가 좋은 우울증 치료제를 얻었다.

홍매화에 홀리다

지난겨울의 우울을 털어 내고 봄소식을 들으러 다시 현충사로 향했다. 그러고 보니 나는 겨울만 되면 계절 우울증에 시달리곤 했던 것 같다. 매사에 의욕이 없어지고, 왜 살아야 하는지 의문도 들었다. 누구에게나 힘든 시간은 있다. 편안한 길만 걷기를 바라는 것은 모순이다. 아기 때는 아장아장 집 주변만 걸으니 그다지 큰 위험에 노출되지 않는다. 하지만 자랄수록 점점 더 먼 길을 걸어야 하고 때로는 엄청난 속도로 고속도로를 달려야 할 때도 있다. 심지어 앞이 보이지 않는 길을 헤매거나 아예 하늘길을 날아서 다른 곳으로 가기도 한다. 그러다 보면 늘 예기치 못한 곳에 난관이 기다리고 있다.

자연은 1년을 단위로 순환한다. 세상이 돌고 도는 것은 어쩌면 삶의 수레바퀴를 계속 굴리며 생명에 관해 진지하게 성찰해 보라는 의미를 담고 있는 것이 아닐까. 그리고 겨울에 모든 생명이 사그라지는 것은 오히려 생명의 위대함을 느끼게 하려는 신의 뜻일지도 모른다.

추운 겨울을 이겨 내고 새봄에 제일 먼저 꽃망울을 터트린 매화.

자연은 대단한 치유력을 지녔다. 《피터 래빗 이야기》를 쓴 영국의 동화 작가 비어트릭스 포터는 사랑하는 약혼자를 병으로 잃은 뒤, 도시 생활을 접고 호수 지방으로 가서 정원을 가꾸며 남은 생을 살았다. 그녀의 이야기는 영화 〈미스 포터〉로 만들어져 생생한 감동을 전해 주고 있다. 사랑하는 이의 죽음보다 더 큰 상처가 있을까? 인간의 한계를 절감할 수밖에 없는 큰 불행 앞에서는 백약이 무효다. 그러나 자연의 숨결 안에서라면 제아무리 큰 고통도 조금씩 사그라진다.

세상의 여러 가지 구경 중에 꽃구경만 한 것이 있을까. 봄이 오기도 전에 우리는 개화 시기를 살피며 언제 어디로 꽃 나들이를 갈지 계획을 세우기도 한다. 예전에 심매(尋梅) 또는 탐매행(探梅行)이라는 풍습이 있었던 것을 보면 조상들도 우리와 같은 마음이었나 보다. 탐매행이란, 이른 봄 잔설이 아직 남아 있을 때 피어나는 꽃을 보러 가는 것을 뜻한다. 겨우내 집에서 매화를 그리기만 하다가 봄이 되면 진짜 매화를 찾아 나서는 것이다. 나도 겨울의 우울을 떨치고자 옛 어른들처럼 꽃구경을 나섰다.

'매화' 하면 사군자가 생각나고, 그 이름은 어딘지 예스럽다. 그래서인지 몰라도 요즘 '내가 가장 좋아하는 꽃은 매화입니다' 하고 말하는 사람을 보기가 몹시 드물다. 나 역시 매화는 누런 한지 위에 보일 듯 말 듯 그려진 옛 그림에서나 볼 수 있는 꽃으로 여겼다. 역사 속에 박제된 꽃 같았던 매화를 현충사에서 제대로 보았다.

현충사 옛집 앞에 홍매화 한 그루, 청매화 한 그루가 서서 오가는 이의 눈길을 사로잡았다. '자세히 보아야 예쁘다'는 나태주 시인의 시구(詩句)처럼 나는 오래도록 홍매화를 보았다. 아직도 생명수가 흐르고 있을까 싶을 만큼 마른 가지에서 고고하게 피어나는 홍매화는 그냥 꽃이 아니었다. 아름다움이 무엇인지, 생명이 무엇인지 알게 해 주는 자연의 선물이었다. 신기하게도 아기들은 누가 가르쳐 주지 않아도 아름다운 것을 안다. 아름다움을 추구하는 것은 인간의 본능인지도 모르겠다. 태어나면서부터 가지고 있는 그 본성을 사는 동안 자꾸 잊어버린다. 생활에 치여서. 그러다가 이처럼 아름다운 것을 보면 잊고 있던 감성을 다시금 찾게 된다.

홍매화는 그 고운 빛깔로 눈길을 끌더니 향기로 아예 발길을 붙들어 맸다. 향기란, 어디서 나는지는 모르겠지만 은근히 번지는 그 기운에 기분이 좋아져 주위를 둘러보게 해야 제대로 된 향기라고 할 수 있다. 현충사 홍매화의 향이 딱 그랬다. 이토록 신비한 향기를 무엇으로든 담아낼 수 있는 사람은 세상에 없으리라. 제아무리 최고의 자연 다큐멘터리를 만들어 내는 BBC 제작진도 이 황홀한 느낌만은 표현하지 못할 것이다.

홍매화 향기에 취해 그 앞에 머무는 사이, 겨울의 우울은 푸르른 하늘로 사라져 갔다. 발 딛고 선 그 땅으로부터 생명의 기운이 점점 차올라 가슴속 가득 환한 불을 밝혀 주었다.

함께하다

홍매화가 만개했다는 소문이 퍼졌는지 한산하던 현충사가 사람들로 붐볐다. 다른 날보다 휠체어를 미는 사람들이 많이 보였다. 그 모습을 보니 아기를 유모차에 태우고 다니던 때가 떠오른다. 고백하자면 유모차를 밀고 세상에 나오기 전까지 나는 장애우를 위한 시설에 관해 진지하게 고민해 본 적이 없다. 막연히 사회적 약자를 배려해야 한다는 아주 이론적인 생각만 했을 뿐, 실제로 많은 사람이 어떤 불편을 겪고 있는지는 몰랐다. 그러다가 유모차를 밀고 바깥나들이를 했을 때, 비로소 그 불편함을 깨달았다. 울퉁불퉁하게 팬 노면과 높은 턱, 경사로 없이 계단만 있는 건물, 유모차와 함께 타기를 시도조차 하기 어려운 버스, 너무나 부족해 찾아 헤매야만 하는 다목적 화장실 등 불편한 점이 한둘이 아니었다. 경험과 이론의 싸움에서 경험론이 완벽한 승리를 거둔 셈이다. '경험에 근거하지 않은 것은 공상에 불과하다'는 경험론자들의 주장이 가슴에 콕콕 박혔다.

비 온 뒤, 촉촉한 숲. 물푸레나무에 붙은 이끼도 한껏 물기를 머금었다.

철저한 경험론의 입장에서 형이상학을 비판한 영국의 철학자 데이비드 흄은 '행위의 동기가 되는 것은 이성이 아니라 감정'이라고 했다. 그동안 장애우를 위한 환경 개선이 필요하다는 인식은 머릿속으로 충분히 하고 있었으나 그것을 위해 어떤 실천도 하지 않은 것은 강력한 동기가 없었던 탓이다. 한번은 어린 딸의 손을 잡고, 나이 든 엄마를 모시고 버스를 타고 병원에 갈 일이 있었다. 집에서 나와 버스 한 번 타고 가면 되는 단순한 외출이 그렇게 힘든 여정이 될 줄은 상상도 못 했다. 버스 출입문에 있는 계단 두 칸 오르는 일이 힘겨운 등산 같았다. 누구는 엄살이라고 말할지 모르겠지만, 거동이 불편해지면 계단 한 칸도 높은 장벽같이 느껴진다. 그날, 저상버스가 많이 필요한 까닭을 온몸으로 깨달았다.

그 불편함을 알기에, 이른 봄 휠체어를 밀고 현충사 구경에 나선 사람들이 아름답게 보였다. 휠체어를 타는 사람도, 미는 사람도 외출을 감행하기가 쉽지 않았으리라. 그럼에도 불구하고 봄의 향연에 참여하고자 사랑하는 마음을 모아 모험을 시작했을 것이다. 경사지에 이르니 그들의 일이 내 일인 듯 안타까웠다. 현충사 경내는 대부분 평지거나 경사가 완만해 휠체어를 밀기에 크게 어렵지 않다. 다만 본전으로 갈 때가 고비다. 휠체어에 앉은 어르신은 자식들이 힘들까 봐 본전까진 가지 말자 하고, 자식은 기왕 여기까지 왔으니 모시고 올라가고 싶다 한다.

휠체어를 밀어 본 사람들은 알겠지만, 아직 모르는 사람들을 위해 요령을 알려 주고 싶다. 경사지에서는 올라갈 때보다 내려올 때가 문제다. 올라갈 때는 힘이 들기는 해도 위험하지는 않다. 하지만 내려올 때

명자나무 붉은 꽃이 초록 잎사귀 사이에서 화사함을 뽐낸다.

도 휠체어를 뒤에서 밀고 내려오면 위험하다. 경사 때문에 무게중심이 앞으로 쏠려 자칫하면 사고가 날 수 있다. 따라서 경사지를 내려올 때는 휠체어를 뒤에서 미는 것이 아니라 앞에서 끌며 뒤로 걸어야 한다. 그래야 휠체어 잡은 손이 힘을 받아 안전하고, 휠체어에 앉은 사람도 몸이 앞으로 쏠려 넘어지는 일이 없다.

아름답고 좋은 것을 함께 보고 싶은 마음이 사랑이다. 그 마음이 있기에 힘들어도 휠체어를 밀며 끌며 꽃구경을 함께하는 것이다.

현충사 연못 근처에 정려(旌閭)가 있다. 정려란 충신, 효자, 열녀에게 임금이 하사한 편액을 걸어 두는 건물로, 그들이 살던 마을 입구에 세운다. 이순신 장군이 받은 편액도 이곳 현충사 정려에 걸려 있다. 장군은 충신으로서 편액을 받았으나 효심 또한 애국심 못지않았다. 어머니를 향한 이순신 장군의 효심은《난중일기》곳곳에 짙게 배어 있다. 장군은 어머니에 대한 근심과 걱정으로 하루를 시작했고, 나랏일로 바빠 효를 제대로 실천하지 못하는 자신을 자책했다. 어머니에 관해 기록한 일기 한 대목을 읽어 보자.

1594년 1월 12일

맑음. 아침을 먹은 뒤에 어머님께 하직을 고하니, "잘 가거라. 나라의 치욕을 크게 씻어라" 하고 두 번 세 번 타이르시며 조금도 이별하는 것을 탄식하지는 아니하셨다.

— 이은상 역,《난중일기》

이런 어머니를 어떻게 존경하지 않을 수 있을까. 그러나 아무리 정성을 다해 모셔도 인간의 목숨은 영원하지 않다. 장군의 어머니는 그 당시 사람들에 비해 천수를 누리신 편이지만, 안타깝게도 아들이 모함을 당해 감옥에 갇혔다가 백의종군하라는 임금의 명을 받들고 간신히 고향 집에 왔을 때 돌아가셨다. 전쟁이 급박하게 돌아가자 임금은 이순신 장군을 다시 수군통제사로 임명했고, 장군은 모친상도 제대로 치르지 못한 채 쫓기듯 전쟁터로 돌아가야만 했다. 이순신 장군은 그때의 심정을 이렇게 적었다.

1597년 4월 19일

맑음. 일찍 길을 떠나며, 어머님 영 앞에 하직을 고하고 울며 부르짖었다. 어찌하랴, 어찌하랴. 천지간에 나 같은 사정이 또 어디 있을 것이랴. 어서 죽는 것만 같지 못하구나.

— 이은상 역, 《난중일기》

조선 시대에 부모의 상을 제대로 치르지 못하는 것만큼 불효도 없었다. 나랏일이 워낙 긴박해서 삼우제(三虞祭)를 치를 겨를도 없이 길을 떠나야 했던 장군의 심정은 헤아릴 길이 없을 것 같다. 이순신 장군도 따스한 남녘 들에서 어머니와 함께 꽃구경을 하고 싶었을 텐데….

봄날 현충사에는 거동이 불편한 부모님을 모시고 나온 사람도 많았지만, 장애우들과 손잡고 봉사하러 온 사람도 여럿이었다. 빛 곱고 향기 고운 홍매화 앞에서 많은 사람이 함박웃음 지었다. 꽃이 좋기도 했지만, 함께하는 기쁨이 커서 그 자리를 쉽게 떠날 수 없었다.

목련을 만나다

매화가 지자 여기저기서 목련이 고운 자태를 드러냈다. 목련(木蓮), 나무에 핀 연꽃. 꽃의 생김새와 이름이 참으로 잘 어울린다. 예스러운 느낌 때문에 좋아하는 꽃이라고 말하기 쑥스러운 매화와 달리 목련은 그 꽃을 좋아한다고 당당하게 말해도 시대에 뒤떨어지는 느낌이 들지 않는다. 비유하자면 매화는 마치 장롱 속에 고이 모셔 둔 엄마의 소중한 한복 같은 꽃이다. 보기에는 예쁘지만 어딘지 낯설어서 꺼내 입기는 곤란한 엄마의 추억이 어린 옷. 그에 반해 목련은 전통 한복의 느낌을 고스란히 지니고 있으면서도 현대적인 감각까지 보유해 외출할 때마다 입고 싶어지는 그런 옷과 같다.

흔히 목련이라 하면 백목련과 자목련만 떠올리기가 쉬운데, 알고 보면 그 종류가 어마어마하게 많은 꽃 중 하나가 바로 목련이다. 현충사에 핀 목련도 언뜻 보기엔 다 똑같아 보이지만, 자세히 보면 조금씩 다른 꽃임을 알 수 있다.

하얀 목련이 지고 나서 자목련이 피었다. 우아하고도 화려하다.

목련 이야기를 하자니 충남 태안에 있는 천리포 수목원 이야기를 빠트릴 수 없다. 아름답기로 소문 난 이 수목원을 더욱 유명하게 한 것이 두 가지 있다. 첫째는 수목원 설립자 민병갈이고, 둘째는 수많은 종류의 목련이다. '푸른 눈의 한국인'이라 불린 민병갈의 본명은 칼 페리스 밀러(Carl Ferris Miller, 1921~2002). 그는 주한 미군으로 한국에 왔다가 한국인보다 더욱더 한국을 사랑하게 되어서 1979년에 귀화했다. 그리고 평생 모은 재산을 쏟아부어 수목원을 조성했다. 천리포 수목원에는 1만3천여 종의 식물이 자라는데, 그중에 목련이 600여 종이나 된다. 이렇게 많은 종의 목련을 보유한 수목원은 세계에서 천리포 수목원 하나뿐이다.

몇 해 전 천리포 수목원에 갔을 때, 나는 '비온디'라는 목련에 끌렸다. 이름이 풍기는 어감도 좋았고, 봄에 제일 먼저 피는 목련이라는 사실도 마음에 들었다. 그즈음 나는 출판사를 운영하기로 마음먹고 회사 설립 절차를 하나씩 밟고 있었다. 출판사 이름을 정하고 나니 지난 10년간 사용해 온 블로그의 아이디를 바꾸고 싶어졌다. 당시 사용하던 '눈보라'라는 아이디가 마음에 들긴 했지만, 한편으로는 차가운 느낌이 들어서 새로운 아이디로 새롭게 시작하고 싶었다. 천리포 수목원에서 나는 망설임 없이 결정했다. 블로그 아이디를 '비온디'로 바꾸기로. 이렇게 해서 나와 목련의 인연이 시작되었다.

한번 인연을 맺고 나니 현충사에서 목련을 만나는 감회가 새롭다. 봄이면 흔히 볼 수 있는 목련이지만, 이제는 나의 또 다른 이름이라 할 수 있는 아이디에 목련이 들어 있으니, 그 반가움이 전과 다를 수밖에.

그런데 현충사에서는 목련도 논란의 대상이다. 이곳에 심은 목련이 외래종이기 때문이다. 현충사의 자랑거리 중 하나로 꼽히는 자목련은 중국산이고, 일본이 원산지인 목련도 있다. 목련 외에도 현충사 경내에는 금송을 비롯해 원산지가 일본인 나무가 많다. 다른 곳도 아니고 민족의 성지인 만큼 기왕이면 우리나라의 토종 나무들로 현충사를 채웠으면 좋았겠지만, 성역화 사업을 벌이던 1960~1970년대에 그런 것까지 고려하기는 어려웠을지도 모른다. 그래도 일본에서 온 나무는 너무했다. 현충사에 있는 외래종 나무(현충사 나무 전체의 절반가량이 외래종이다)를 전부 없애고 새로 심기는 어렵겠지만, 금송을 포함해 일본산 나무만이라도 제거하면 어떨까? 그 자리에 우리 토종 나무를 심었으면 좋겠다. 목련 중에도 일본산, 중국산 말고 우리 토종 목련이 분명히 있는데, 이를 활용하지 않는 것도 아쉽다.

현충사 본전에서 옛집으로 내려오는 길에 목련 사진을 찍었다. 한참 사진을 찍다 보니 봄 날씨인데도 제법 덥다. 옛집 옆에 있는 '충무정'에서 우물물을 떠 마셨다. 이순신 장군이 매일 마셨을 그 물을 지금 우리가 마실 수 있다는 사실이 신비롭기만 하다. 우물을 보니 어릴 적 살던 시골이 생각났다. 마을 뒷산에 '옥천당'이라는 작은 암자가 있었다. 맑은 샘물이 흘러나오는 곳이라고 해서 붙여진 이름이었다. 충무정처럼 옥천당 옆에도 오래된 향나무가 있었다. 우물은 성스러운 장소다. 예전에 추수를 마치고 집에서 가을 시루떡을 하면 꼭 우물에 떡을 놓고 조상께 복을 빌었던 기억이 난다.

이순신 장군 때부터 있었다는 우물 충무정. 장군이 마신 것과 같은 물을 지금 우리도 마실 수 있다는 사실이 신기하다.

우리나라에서 우물은 마당만 파면 나오는 것이었지만, 물이 귀한 인도는 사정이 다르다. 자기 집 마당에 우물을 가지는 것은 대단한 귀족 아니면 불가능한 일이었다. 수맥을 찾고 사시사철 물이 나오게 만들기 위해서는 권력과 재력이 필요했다. 그래서 인도의 우물은 그냥 우물이 아니라 '건축'이다. 우리처럼 두레박을 던져 물을 긷는 수준이 아니라 계단식으로 땅을 파고 내려가도록 건축해야만 했다. 라자스탄 주 자이푸르 근처에 '찬드 바오리(Chand Baoli)'라는 우물이 있는데, 무려 13층 깊이까지 파 내려갔다. 깊이도 깊이지만 그 건축적 아름다움이 혀를 내두르게 한다. 그렇게 많은 돈과 힘을 들일 필요 없이 샘을 찾아 소박하게 돌을 쌓기만 하면 우물이 되는 이 땅에 새삼 고마움을 느낀다.

현충사에 가면 꼭 충무정에서 물을 마셔 보라고 권하고 싶다. 수백 년 세월을 이어 주는 물이니 여느 약수터의 물과 다르지 않겠나. 그저 기분 탓일 수도 있지만, 이순신 장군이 마시던 물이라 생각하면 더욱 달고 시원하게 느껴질지도 모른다. 우물물을 길어 마시고 다시 화사한 목련 꽃 아래로 길을 걸으면 그 황홀한 기분을 주체할 길이 없다. 아마도 저절로 손이 움직여 함께 오지 못한 가족이나 친구들에게 끊임없이 사진과 메시지를 전송하게 될 것이다.

현충사

난중일기를 읽다

지난가을부터 매주 수요일을 현충사 가는 날로 정하고 특별한 일이 없는 한 꼬박꼬박 이곳을 찾았다. 그러는 사이에 가을이 지나고 겨울이 지나고 봄이 왔다. 어느덧 4월의 마지막 수요일이다. 여느 때처럼 현충사에 가려고 외출 준비를 하는데, 달력을 보니 28일, 이순신 장군 탄신일이었다. 분명 기념행사가 열릴 테고, 그러면 사람이 많이 몰려 복잡할 것 같았다. 가지 말까? 사람들로 붐비거나 시끄러운 곳을 싫어하다 보니 공식 행사가 있는 날을 피하고 싶은 마음이 스멀스멀 일어났다. 하지만 다른 요일에는 모두 사정이 있어서 그날이 아니면 현충사 나들이를 한 주 건너뛰어야 했다. 지금이 아니면 안 되겠다는 생각으로 머뭇거리는 두 발을 다독여 길을 나섰다.

걱정과 달리 현충사는 다른 날과 마찬가지로 고요했다. 기념식은 오전에 이미 다 끝난 상태였고, 장군의 탄신일을 맞아 특별한 전시가 열리고 있었다.《난중일기》원본을 전시실에 공개해 놓은 것이다.

현충사 본전에 걸린 편액. '현충'은 충렬을 높이 드러낸다는 뜻이다.

난. 중. 일. 기.

이 기록을 빼고 이순신 장군 이야기를 할 수는 없을 터. 1년간 현충사를 방문해 책을 쓰겠다고 마음먹은 뒤 제일 먼저 한 일이 책을 사는 것이었다. 다름 아닌《난중일기》다. 이은상이 옮기고 지식공작소에서 펴낸, 무려 900쪽에 달하는 책이다. 목침 삼아 베고 누우면 좋을 만큼 두툼한 그 책을 사다 놓고는 한참 동안 읽지 않고 바라보기만 했다. 그 어마어마한 분량의 책을 짧은 기간에 독파하겠다는 욕심은 처음부터 부리지 않았다. 만약 그랬다면 책을 읽는 동안 몹시 괴로웠을 것이다. 나는 현충사를 여러 번 다녀온 뒤에 비로소《난중일기》를 펼쳤다. 약간의 예비지식을 갖추고 나니 영웅으로서의 이순신 장군이 아닌 일상생활을 해 나가는 장군의 모습도 궁금해졌다. 호기심을 품고 책을 읽으니 낯선 옛날이야기가 술술 읽혔다.

김훈의《칼의 노래》를 읽었을 당시 감동보다 충격을 더 받았다. 국가조차 제대로 지원해 주지 않는, 정말이지 화가 날 정도로 열악한 상황에서 어쩌면 그렇게 흔들림 없이 적을 물리칠 수 있었는지 이해하기 어려웠다.《난중일기》를 읽다 보면 더욱더 그렇다. 과연 이 기록이 사실일까 하는 의구심마저 든다. 시쳇말로 '맨땅에 헤딩'이나 다름없는 전쟁에서 전승을 기록하며 나라를 구하다니, 이순신 장군의 승전은 거의 기적에 가까웠다.

《난중일기》를 읽는 것은 끊임없이 놀라움을 경험하는 일이라 할 수 있다. 장군의 일기에는 매일 수많은 사람의 이름이 등장한다.《난중일기》를 연구한 최희동 교수에 의하면 일기에 1천 명의 이름이 나온다고

충무공 이순신 기념관에 진열된《난중일기》원본. 전쟁 중에도 매일 밤 먹을 갈아 일기를 썼다는 사실에서 이순신 장군의 강인한 정신력을 느낀다.

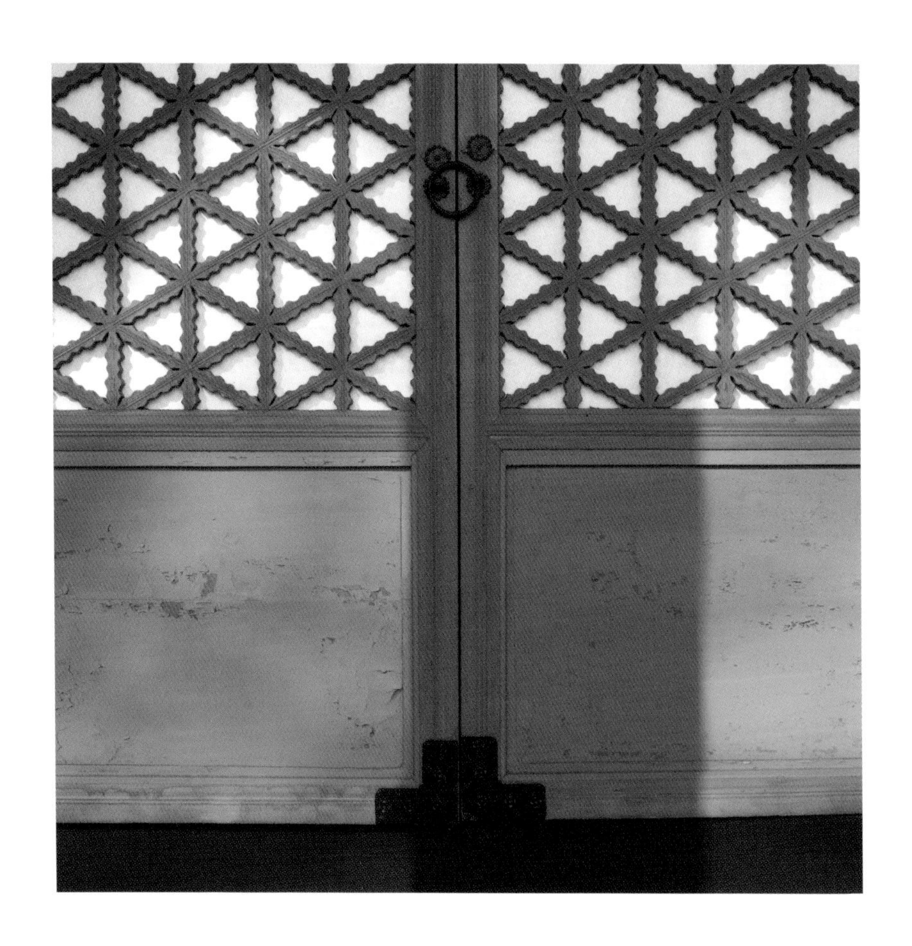

현충사 본전의 문살. 군더더기 없는 삼각형의 집합으로 질서정연한 무늬를 이루었다.

한다. 특히 전쟁의 결과를 보고하는 장계(狀啓)에도 공을 세운 부하들의 이름을 아주 세세히 적었다고 한다. 《난중일기》를 읽으며 다른 장군들의 이름은 물론이려니와 미천한 종의 이름까지 정확하게 기술한 것을 보고 무척 놀랐다. 지금으로 비유하자면 대기업 회장이 아르바이트생 이름까지 알고 있었던 셈이 아닌가. 이름을 불러 준다는 것은 지위에 연연하지 않고 인격적으로 대우한다는 의미다. 이것 하나만으로도 이순신 장군의 성품을 알 수 있다.

따뜻한 성품을 지닌 장군이었지만, 중요한 일을 시행하는 데는 가차 없었다. 일기를 보면 도망치는 군인을 잡아서 목을 베었다거나, 무슨 잘못으로 곤장을 쳤다는 이야기가 자주 나온다. 전쟁은 나라의 운명이 걸린 일이었고, 수많은 백성의 목숨이 달린 일이었다. 한 사람의 사소한 실수가 커다란 화를 불러올 수 있음을 장군은 잘 알고 있었다. 그렇기에 백성을 지키는 일에 관한 한 결정을 내리고 시행하는 데 단호할 수밖에 없었을 것이다.

일기에 자주 등장하는 내용 중에는 활에 관한 것도 있다. 하루에 활을 얼마만큼 쏘았는지 기록한 대목이 곳곳에 보인다. 화살 다섯 발이 한 순인데, 장군은 보통 다섯 순에서 열 순 정도로 활을 쏘았다. 영화를 보면 거의 1초 간격으로 화살을 빼서 활에 걸고는 망설임 없이 막 쏘는데도 명중하는 장면이 자주 나온다. 물론 영화니까 그렇게 연출했겠지만, 어쩌면 그 당시에는 정말로 그렇게 활을 잘 쏘는 사람이 있었을지도 모르는 일이다. 활은 동서고금을 막론하고 어디에서나 볼 수 있는 무기였는데, 특히 우리나라 사람들이 활쏘기에 재능을 보였다고 한다. 중국 역사에는 '동이족'이 활을 잘 쏘는 민족이라는 기록이 있고, 고구려의 주몽도 활을 잘 쏘는 인물로 유명했다. 한민족의 DNA에 활을 잘 쏠 수 있는 정기가 흐르나 보다. 올림픽에서 우리나라 선수들이 양궁 종목을 석권하는 것도 이와 무관하지 않으리라. 이순신 장군 역시 활을 잘 쏘았다. 그러나 그저 재능만 타고난 것이 아니라 스스로 끊임없이 자신을 훈련한 결과임을《난중일기》를 통해 알 수 있다.

사람들은 대개 존경하는 인물을 닮고 싶어 한다. 그런데 제아무리 이순신 장군을 존경하는 사람이라 해도 장군을 닮기는 너무나 어려울 것 같다. 아니 어쩌면 불가능할지도 모르겠다. 인내와 용기, 강직함, 총명함, 따뜻함, 성실함…. 한 사람이 어찌 이 모든 품성을 다 갖출 수 있단 말인가.

흔히 일기를 쓴다는 것은 자기 내면을 성찰하는 행위라고 말한다. 다른 사람이 쓴 일기를 읽는 것 역시 마찬가지다. 그 사람의 생각이나 행동에 나 자신을 비추어 봄으로써 나를 공부할 수 있다. 나는 이순신 장군을 존경하지만, 장군을 닮으려고 애쓰지 않겠다. 대신《난중일기》를 길잡이 삼아 내 길을 가겠다. 어떻게 살아갈까 고민될 때, 나는 잘 살고 있는 것일까 회의가 들 때,《난중일기》를 펼쳐 읽어야겠다. 때로는 나의 일기를 쓰기도 하면서.

가끔 지난 일기를 꺼내 읽으면 누가 볼까 걱정될 만큼 부끄러운 내 모습을 발견하기도 하지만, 지금보다 훨씬 어렸을 때 어쩌면 이렇게 어른스러운 생각을 했을까 싶은 대목을 보고 놀라기도 한다. 물론 일기를 들춰보기 전까지 그 시절에 그런 생각을 했다는 사실조차 잊고 살았지만 말이다. 꼭 일기가 아니더라도 글을 쓰는 행위에는 힘이 있다. 생각을 정리하게 해 주는 힘, 마음을 평화롭게 해 주는 힘. 그래서 나는 오늘도 쓴다. 일기든 그냥 끼적이는 메모든, 무언가를 쓰는 행위는 정신 건강에도 이롭다.

현충사 본전의 단청이 곱다. 쭉쭉 뻗은 서까래와 시원한 초록색이 잘 어울린다.

평화를 빌다

나는 어디서 왔는가? 나는 왜 태어났을까? 여기서 '나'를 '인류'로 대체하면 사고가 확장된다. 이 세계의 끝은 어디일까? 사후 세계는 정말 있을까? 놀랍게도 초등학교 저학년만 되어도 이런 근원적인 문제를 고민한다는데, 나는 아직도 그 답을 모른다.

터미널에서 버스에 몸을 싣고 안전띠까지 정확히 맨 다음에 버스가 천천히 주차장을 빠져나가기 시작하면 '나는 또 어디로 흘러가는가?' 하는 생각이 저절로 든다. 목적지가 정해져 있는데도 나의 두뇌는 조각난 정보들을 다시 모으고 모아 새 판을 짜는 듯하다. 버스가 고속도로 입구까지 속도를 내지 못하고 가다 서다 반복할 때는 뇌세포조차 우왕좌왕하는 것처럼 생각의 갈피를 잡지 못하다가, 고속도로의 버스 전용 차로에 무사히 안착해 속도를 내기 시작하면 드디어 머릿속도 명료해지기 시작한다. 차창 밖으로 흘러가는 풍경 속에 그동안 고민하고 있던 문제들의 해결책이 떠오른다. 마치 휴대전화의 검은 화면에 갑자기

단풍나무 신록. 연둣빛은 싱그럽다는 표현이 가장 잘 어울리는 색이다.

환하게 떠오르는 친구의 메시지처럼 좋은 생각이 '반짝' 하고 뇌리를 스친다.

이런저런 생각이 피어오르고 그것을 다시 정리하고 잠깐 졸기도 하는 사이에 버스는 아산에 도착했다. 다시 찾은 현충사에는 완벽한 연둣빛이 내려앉아 있었다. 세상 만물은 어릴 때가 제일 예쁘다. 호랑이 같은 맹수도 새끼 때는 얼마나 귀여운가. 나무도 마찬가지다. 한껏 물오른 가지 끝에서 막 터져 나온 어린잎은 얼마나 예쁜가. 그 선명한 연둣빛과 미처 다 펴지지 않아 꼬물거리는 듯한 모양새는 갓난아기의 고사리손만큼이나 사랑스럽다. 작은 그 잎이 서서히 자랄 때의 나무는 화려한 꽃을 달고 있을 때보다 더 아름답다.

초록빛으로 싱그러운 현충사를 둘러보다가 나만의 아지트를 찾아냈다. 인적 드문 곳에 있는 벤치다. 공원의 벤치는 대개 길 바로 옆에 놓여 있다. 그러다 보니 지나가는 사람들의 시선이 신경 쓰여서 벤치에 누워 있기가 곤란하다. 그런데 내가 아지트로 삼은 그 벤치는 길에서 조금 들어간 곳에 있었다. 이런 곳이라면 다른 사람 신경 쓰지 않고 잠시 누워서 하늘을 보아도 좋겠다는 생각이 들었다.

다가가 앉으니 사방이 다 고요했다. 5월밖에 안 됐는데도 한낮에는 더웠다. 점점 날이 더워지자 초봄과 다르게 관광객이 거의 없었다. 서울의 공원은 아무리 고요해도 멀리서 웅웅거리는 자동차 소리가 들리게 마련인데, 현충사에는 그런 소음이 하나도 들리지 않았다. 오히려 너무 조용해 적막감이 감돌았다. 들리는 소리라고는 뻐꾸기, 산비둘기, 알 수

삐죽 뻗은 가지에 붉은 꽃을 얹은 철쭉. 인위적으로 둥글게 다듬은 일반적인 정원수보다 자연미가 훨씬 돋보인다.

없는 새들의 울음소리가 전부였다. 새소리가 잠시 그칠 때면 땅에서 뿜어져 나온 기운이 공기가 되어 하늘로 폴폴 날아 올라가는 소리까지 들리는 듯했다.

나는 이렇게 고요한 가운데 귀 기울여 자연의 소리 듣기를 좋아한다. 하지만 처음부터 그런 것은 아니었다. 스무 살 무렵에는 나이트클럽의 음악 소리를 너무나 좋아했다. 성년이 되자마자 그동안 나이 때문에 못 한 일을 하나씩 실행에 옮겼는데, 그 첫 번째가 미성년자 출입 금지 구역인 나이트클럽에 가는 것이었다. 워낙 몸치인 데다가 춤추기도 별로 좋아하지 않았지만, 클럽의 대형 스피커에서 울려 나오는 어마어마한 소리에 매료되어서 가끔 친구들을 따라다녔다. 스피커 옆에 바짝 붙어 있으면 진동 안마기를 대고 있는 듯 온몸이 떨려 왔다. 나를 짜증 나게 하던 모든 일을 그 소리가 다 때려 부숴 줄 것만 같았다. 나는 클럽에서 춤은 안 추고 스피커 옆에 붙어 서서 홀로 무아지경에 빠지곤 했다.

그렇게 소리의 폭포 속에 빠져 있기를 좋아했는데, 언제부터인가 소리가 싫어졌다. 내 취향에 맞는 음악이 아니면 듣고 있기가 괴로웠고, 어디선가 큰 소리가 나면 그 자리를 빨리 피하고 싶었다. 소리에 민감해질수록 몸도 금방 피로해졌다. 특별히 계기가 있었던 것도 아닌데 이렇듯 예상치 못한 변화를 겪게 되자 어떨 때는 당혹스럽기도 했다. 시끄러운 곳을 싫어하게 되면서 어느 순간 아이와 함께 시간 보내기가 힘들어졌다고 느낀 적이 있다. 한창 피 끓는 나이에 소리 없는 곳은 지루하기 때문이다. 결론은, 나이 탓이다. 그렇게 좋아하던 클럽의 음악 소리를 못 견디게 된 것도, 작은 소음조차 신경에 거슬리게 된 것도, 적막한 곳에서 평온함을 느끼게 된 것도, 그 고요를 아이와 함께 즐길 수 없게 된 것도… 전부 나이 탓이다. 한편으로는 나이가 든 덕분에 이렇게 한적한 현충사를 거닐며 사색하는 즐거움을 만끽하고 있는지도 모른다.

어느 틈엔가 풀숲에서 타악기를 연주하듯 '톡, 탁, 토톡' 하는 소리가 반복되고 있었다. 작은 벌레가 풀잎을 타고 이동하는 모양이다. 눈을 감고 바람 소리를 들으니 커다란 파도가 저 멀리서 밀려오는 듯했다. 소

현충사 옛집 돌담 옆에 산수유 꽃이 피니 불을 켠 듯 환하다.

나무, 느티나무, 단풍나무, 물푸레나무 등 저마다 키도 다르고 잎사귀 크기도 서로 다른 나무들이 바람을 만나니 오케스트라가 되었다. 키 큰 나무가 먼저 쏴아- 연주하면 그 아래 작은 나무들이 뒤따라 일렁이며 화음을 넣는다. 여기에 풀벌레 합창단이 가세한다. 나는 청중이 되어 눈을 감는다. 바람의 소리를 듣는다. 바람이 내게 오는 것을 느낀다.

그러다 시작된 벌레와의 밀당. 나무의 정기를 느끼고 싶어 가까이 다가가자 신나게 노래하던 벌레들이 일제히 멈춘다. 침입자에게 자기 위치를 노출하지 않으려는 생존 본능인가 보다. 걸음을 멈추고 잠시 가만히 있어 보았지만, 벌레들은 쉽게 경계를 늦추지 않는다. 나는 더욱더 숨을 죽인다. 아무 소리도 나지 않는다. 그때, 갑자기 투둑! 놀라서 돌아보니 솔방울이었다. 그래, 너도 한 소리 내고 싶었구나.

벌레와의 밀당을 포기하고 다시 벤치로 돌아와 앉았다. 향기 묻은 바람이 몰려 왔다. 숲 향기다. 소나무 향기가 제일 먼저 도착했다. 누가 솔잎 향 스프레이라도 뿌려 놓았나 싶을 만큼 향이 짙다. 이번에는 새까만 청설모 한 마리가 살살거리며 나무를 타고 올라간다. 그쪽으로 가 보니 나무 사이에 하트 모양 물웅덩이가 있었다. 크기는 국그릇 정도밖에 안 되었지만, 청설모는 그 물을 달게 마신 모양이다. 나무야, 너도 사랑을 외치고 싶었구나.

인기척에 놀란 청설모는 잽싸게 나무 위로 올라갔다. 그리고 앞발로 나무를 치면서 위협적인 소리를 냈다. 가까이 오지 말라는 경고인가? 내 딴에는 조심스럽게 움직이는 것인데도 숲의 주인들에게는 '진돗

개 둘'에 해당하는 경계 상태가 되는가 보다. 얘들아, 조금만 기다려 줘. 조용히 쉬다가 바람처럼 사라질 테니.

숲에 평화를 돌려주기로 하고 카메라 가방을 베개 삼아 벤치에 누웠다. 나뭇잎 위로 5월 햇살이 쏟아져 내렸지만, 이중 삼중으로 겹쳐진 나뭇가지 덕분에 눈부시지 않다. 오히려 다양한 초록의 스펙트럼이 펼쳐진다.

'옴, 샨티, 샨티, 샨티 옴.'

힌두교 경전《우파니샤드》에 나오는 말이다. 강연이나 제사 의식을 치를 때 처음과 마지막에 암송하는데, '평화'라는 의미를 지닌 '샨티'를 세 번 반복한다. 그날 현충사 벤치에 누워서 느낀 평화로움을 다른 사람들에게도 나누어 주고 싶었다. 전쟁과 테러, 지진이나 태풍 같은 자연재해 등으로 한시도 편할 날이 없는 지구촌의 모든 사람에게 평화가 깃들기를 바랐다.

활을 쏘다

1596년 1월 28일

맑음. 늦게 나갔다. 오시에 순찰사가 와서 활도 쏘고 이야기도 했다. 순찰사가 나와 활쏘기를 겨루다가 일곱 푼을 지고 섭섭한 기색이 없지 않았다. 우스웠다. 군관 세 사람도 모두 졌다. 밤이 든 후 취해서 돌아갔다. 우스웠다.

— 이은상 역, 《난중일기》

일곱 푼을 졌다는 것이 어느 정도였는지는 모르겠지만, 순찰사가 활쏘기에 진 것을 분개했었나 보다. 이순신 장군이 우스웠다고 두 번씩이나 말한 것을 보면 순찰사가 승부욕에 불타 죽기 살기로 덤벼들었던 모양이다. 그다음 날도 와서 내기했지만, 순찰사는 아홉 푼을 지고 돌아갔다.

배롱나무에서 떨어진 꽃잎이 배롱나무 가지 사이에 내려앉아 다시 피어 나는 듯하다.

이순신 장군의 일기에는 거의 매일 활쏘기를 연습한 이야기가 나온다. 무인에게 활쏘기는 문인들이 글 읽는 것과 같다. 하루라도 게을리하면 안 되는 일이었다. 활은 몸의 일부가 되어 쏘는 것이지 머리로 쏘는 것이 아니기 때문이다. 영화에서 보듯이 활 쏘는 솜씨가 신의 경지에 오른 사람은 그 어떤 어려운 상황에서도 표적을 맞힌다. 말을 타고 달리면서 뒤돌아 활을 쏴도 명중이요, 기계처럼 1초 간격으로 화살을 빼서 아무렇게나 쏴도 명중이다. 전에는 영화니까 일부러 과장한 것으로 생각했는데,《난중일기》를 읽고 나서 생각이 바뀌었다. 이순신 장군처럼 매일 활쏘기 연습을 한다면, 정말 밥 먹듯이 훈련한다면 불가능한 일만은 아닐 것 같다.

아산 신정호에 있는 이순신 장군 동상. 활을 쏘는 모습으로 만들었으면 좋았겠다는 생각을 해본다.

이순신 장군이 무과 시험에 통과한 과정을 살펴보면 '인간 승리'라는 말이 절로 떠오른다. 장군은 스물한 살에 결혼하고, 그때부터 무과 공부를 시작했다. 남들보다 한참 늦은 것이었다. 지금으로 말하자면 고등학교에서 줄곧 문과 공부를 하다가 재수하면서 이과로 바꾼 것이나 마찬가지다. 이후 스물여덟 살에 별시 시험을 보다가 말에서 떨어져 다리가 부러졌는데, 그런 큰 부상에도 시험을 포기하지 않았다. 그로부터 4년 뒤(선조 1576년), 서른두 살에 두 아이의 아버지로 식년(式年; 자(子), 묘(卯), 오(午), 유(酉) 따위의 간지(干支)가 들어 있는 해. 3년마다 한 번씩 돌아오는데, 이해에 과거를 실시하거나 호적을 조사했다) 무과에 재도전하여 합격했다. 처음부터 재능을 인정받고 승승장구하는 엘리트 인생과는 거리가 멀었던 셈이다.

한때 광화문 광장에 있는 이순신 장군 동상에 대해 말들이 많았다. 칼을 차고 있는 것보다는 활을 쏘는 형상이 장군의 실제 모습에 더 가깝다는 의견이 많았지만, 이미 세워진 동상을 어찌할 도리가 없나 보다. 못내 아쉽던 차에 반가운 소식을 들었다. 2015년 11월 해군사관학교 '통해관' 앞에 활을 쏘는 모습의 이순신 장군 동상이 건립되었다. 당연히 역사적 고증을 거쳐서 제작했다고 한다.

현충사에 자주 다니다 보니 사관생도나 군인들이 참배하는 모습을 종종 보게 되었다. 초등학생 때는 군인 아저씨, 중고등학생 때는 오빠, 사회생활을 하면서는 친구나 동생이었던 군인들이 어느덧 아들뻘이 되었다. 멋진 군복을 입고 있어도 내 눈에는 마냥 싱그러운 아이들로 보이는 이 묘한 시간의 법칙에는 쉽사리 적응되지 않아서, 나는 아들 같은 군인 아저씨를 볼 때마다 어떤 혼돈을 느끼곤 했다. 그 긴 세월을 내가 정말 지나온 것인지 깜짝 놀라는 것이다. 군인이면 누가 뭐래도 완전한 성인인데, 그 모습이 그저 아이처럼 사랑스럽기만 하니 세월 흐른 것을 느낄 수밖에 없다. 나 역시 아이를 키우다보니 이제는 다른 아이들도 남 같지 않고 다 예뻐 보인다. '한 아이를 키우려면 온 마을이 필요하다'는 말이 있듯 그 아이를 키우는 부모의 노고를 미루어 짐작하기에 더 그런지도 모르겠다. 그래서 일까? 나는 현충사에 참배 온 군인들을 보면서 그렇게 잘 자란 모습에 혼자 몰래 감동하곤 했다.

현충사에는 이순신 장군이 활쏘기 연습을 했다는 활터가 있다. 500

현충사에 참배 온 군인들 모습이
내 자식인 양 예뻐 보인다.

살 넘은 은행나무 옆에 있는 이 활터에서 관람객도 직접 활을 쏘아 볼 수 있다. 나는 지난 봄날에 활쏘기 체험을 해 보았다. 생전 처음 잡아 보는 활이 마음대로 움직여 주지 않는 것은 자연스러운 일. 그래도 마음을 가다듬고 활을 잡고 과녁을 노려본다. 활쏘기 체험을 하는 동안 기분이 묘했다. 똑같은 공간에서 몇백 년의 세월을 건너뛰어 활을 쏘는 사람들이 있다. 머릿속으로만 그려 왔던 이순신 장군의 존재가 활터에서만큼은 현실감 있게 다가오는 듯했다. 누구라도 현충사에 간다면 이 활터에서 꼭 활을 쏘아 보기를 권한다.

매일 활을 쏘면서 이순신 장군은 무슨 생각을 했을까. 무과 시험에 떨어진 뒤 마음을 다잡고 재도전할 수 있었던 비결은 무엇일까. 극한 상황에서조차 흔들림 없이 믿음직스러운 모습을 보여 주고, 전쟁을 승리로 이끈 굳은 의지는 어디서 나왔을까. 장군의 심연을 알기에는 턱없이 부족한 우리다.

배롱나무에 반하다

살아가는 일은 보물찾기의 연속이다. 우리가 모르는 사이에 누군가가 곳곳에 보물을 숨겨 놓았다. 우리는 동분서주하며 그 보물을 찾는다. 어디에서 무엇이 나올지는 아무도 모른다. 보물의 내용과 숨겨진 위치를 미리 알고 하는 보물찾기는 재미없다. 보물이 마음에 안 들면 찾기도 전에 맥이 빠지거나, 찾으려고 최선을 다하지 않거나, 아예 찾지 않고 내버려 둘지도 모른다. 게다가 인생의 보물은 단지 찾기만 하면 되는 것이 아니다. 때로는 내가 찾은 보물이 하찮아 보이고, 옆 사람의 것이 더 좋아 보여서 보물을 찾은 뒤에 오히려 기분이 상하기도 한다. 어떤 보물은 당장 아무짝에도 쓸모없어 보이지만, 때를 잘 만나면 아주 유용한 것이 되기도 한다.

현충사에 다니는 일은 내게 보물찾기와 같았다. 갈 때마다 달라지는 풍경 속에 생각지도 못한 보물이 있었다. 갈 때마다 한 아름씩 머릿속에 담아 가는 인생의 숙제, 그것을 해결하고자 현충사 경내를 걷고 또 걷다 보면 문제의 실마리를 풀 수 있는 보물이 눈앞에 나타나곤 했다. 고맙게도 내가 눈에 불을 켜고 사방을 살피지 않아도 보물은 저절로 내 앞에 나타났다.

2016년 여름, 대한민국을 뒤덮은 폭염으로 모두가 기진맥진하고 있을 때였다. 인도에서 몇 년 살아 본 경험이 그때 그렇게 도움이 될 줄 몰랐다. 그곳은 기온이 40℃를 넘나드는 날이 넉 달가량 이어졌다. 그런 극한 여름을 4년간 겪고 왔더니 36℃ 더위는 참을 만했다. 사실 우리나라에서는 한여름이라 해도 열대야 현상이 일어날 만큼 더운 날이 대략 보름, 길어도 3주가량이다. 반면 인도는 1년 중 더운 날이 며칠인가 따지기보다 안 더운 날이 며칠이나 되는지 세어 보는 것이 훨씬 빠르니, 더위의 차원이 다르다 할 수 있다. 그러다 보니 빨리 가을이 왔으면 좋겠다거나 더위가 한풀 꺾이기를 바라는 일 자체를 아예 단념하게 된다. 하지만 삼복더위에 분명 끝이 있음을 아는 우리나라 사람들은 해마다 보름만 참자, 3주만 참자, 하며 여름을 견딘다. 그런 우리에게 한 달 넘게 이어진 폭염은 정말 유례없는 것이었고, 사람들의 인내력은 거의 바닥으로 떨어져 가고 있었다. 그러던 어느 날, 거짓말처럼 갑자기 초가을 날씨가 찾아왔다. 이 무슨 영화 같은 일이란 말인가!

그렇지 않아도 현충사의 배롱나무꽃이 어떻게 피었을지 궁금하던 차에 날씨가 이렇게 도와주니, 기쁜 마음으로 현충사 가는 버스를 탔다. 모든 것은 지나가리니…. 하늘의 구름도, 피가 머리 위로 솟구칠 것 같은 분노도, 심장이 떨릴 만큼 행복한 순간도, 결국 다 지나간다.

다른 꽃들이 시들어 가는 늦여름까지, 배롱나무는 끈기 있게 꽃을 피운다.

현충사에 도착해 보니 연못을 새로 가꾸느라 주변에 가림막을 둘러놓았다. 폭염 때문에 현충사에 오지 못한 한 달 사이에 풍경이 바뀌어 버린 것이다. 어쨌거나 오늘은 배롱나무를 보러 왔으니 연못을 못 본다고 실망할 필요는 없다. 나는 곧장 본관으로 향했다. 배롱나무꽃이 흐드러진 본관 앞은 어떤 모습일지 설레기까지 했다. 지난 1년간 현충사의 다양한 모습을 카메라에 담아 왔는데, 배롱나무에 꽃이 피고 나면 어느덧 현충사의 사계절을 모두 만나는 셈이었다. 아, 시간이 이 만큼이나 흘러갔구나.

배롱나무는 줄기가 매끈하고 하얀 속살이 보여 여인의 몸을 연상케 한다 해서 대가 집 안채에 심는 것은 금기시했고, 사찰에서는 매년 한 차례 껍질을 벗어 버리는 배롱나무를 보고 스님들이 속세의 때를 벗어 버리고 수도에 정진하라는 의미로 심었다고 한다. 서원에는 선비들이 백 일 동안 꽃이 피는 끈기를 배우고, 깨끗하고 청렴하게 수행하라는 의미로 심어졌다.

—《경인일보》, 〈조성미의 나무 이야기〉 중에서

현충사의 배롱나무는 무슨 의미를 지녔을까? 나무를 심은 사람이야 특별히 어떤 가르침을 주려는 의도 없이 그저 보기 좋으라고 심었을 수 있다. 그러나 나무는 언제나 보물을 감추고 있다. 만약 인생의 보물찾기에 지도가 있다면 나무 있는 곳마다 보물을 표시한 X표가 그려져 있을지도 모른다.

해마다 허물을 벗고 새로 잎을 틔우기까지, 인내의 시간을 보내고서야 마침내 꽃을 피우는 배롱나무. 그렇게 피운 꽃은 백 일 동안이나 피고 진다.

배롱나무는 늑장을 부리는 대신 제일 오래 꽃을 피우는 나무다. 봄에 꽃을 찾아 현충사에 갔을 때, 다른 나무들이 제가끔 화려하게 꽃을 피우고 자기가 제일 예쁘다는 듯 뽐낼 때, 배롱나무만은 잎사귀조차 틔우지 못하고 여릿여릿한 몸매를 그대로 드러내 놓고 있었다. 매화야 워낙에 봄이 오기도 전에 피는 꽃이니 그렇다 치고, 목련이 그 큰 꽃망울을 터트려 사람들의 탄성을 자아낼 때도, 온갖 꽃이 다 피었다가 지고 앵두마저 붉게 물들 때도, 배롱나무는 본색을 드러내지 않는다. 그러다가 혹시 이 나무가 겨울을 제대로 나지 못하고 생명을 다했나 하고 걱정할 무렵, 비로소 살아 있다는 신호를 보내기 시작한다. 그렇게 꽃이 피기 시작하면 자그마치 백 일 동안 꽃들의 잔치가 벌어진다. 한 번 핀 꽃이 백 일을 가는 것이 아니고, 먼저 핀 꽃이 지면 다른 꽃이 피고, 또 지고 나면 다른 꽃이 또 피고 하면서 이어달리기하듯 백 일 동안 환하게 꽃불을 밝힌다.

세상 모든 꽃이 봄에 한꺼번에 다 피어난다면 세상은 얼마나 지루할까. 꽃이 피는 그 순간은 이루 말로 표현할 수 없을 만큼 격정적으로 아름답겠지만, 그 뒤에는? 다시 봄이 올 때까지 꽃구경을 할 수 없다면 남은 계절이 너무나 허전할 것 같다. 어쩌면 꽃의 수에 비해 벌과 나비가 턱없이 적어서 어떤 꽃은 미처 수정을 하지도 못하고 질지도 모른다. 그렇게 열매 맺지 못하고 시들어 버리면 종족을 보존하지 못할 수도 있다. 추위가 가시기도 전에 피는 꽃부터 가을을 코앞에 두고 피는 꽃까지, 그 시기와 순서에는 다 나름의 생존 전략이 적용되었으리라.

배롱나무는 '이제 올해 꽃구경은 끝인가 보다' 싶을 때쯤 독보적으로 화려한 자태를 뽐내며 스포트라이트를 받는다. 사람도 나무와 비슷하다. 일찍 꽃 피우는 나무처럼 어떤 사람은 일찌감치 전성기를 맞이한다. 반면 배롱나무처럼 한참 늦게 재능을 발휘하는 사람도 있다. 살면서 겪게 되는 좋은 날과 나쁜 날을 '인생 그래프'로 그려 보면 어떤 모양이 나올까? 아마도 파도치는 모양이 될 것이다. 파도는 잔잔하게 천천히 밀려오기도 하지만, 더러는 갑작스럽게 거대한 규모로 들이닥치기도 한다. 또한, 파도는 멈추지 않는다. 인생도 마찬가지다. 절정의 시기가 단 한 번만 오고 마는 인생은 없다. 배롱나무꽃이 한 해만 피고 마는 것이 아니듯.

길을 묻다

나에게 생긴 '일주일에 하루'라는 자유 시간을 현충사에서 보내기로 하고, 그 첫 사진을 찍은 것이 2015년 10월 28일이었다. 현충사의 사계절 풍경을 사진에 담으며 이순신 장군에 관해서 조금씩 알아가자는 생각으로 매주 한 번씩 현충사에 다녀왔다. 1년이라는 시간은 정말 쏜살같이 흘렀다. 해가 바뀐 늦가을 2016년 11월 18일, 사진 찍기에 썩 좋은 날씨가 아니었으나 발길을 재촉해 이순신 장군 묘를 찾아갔다. 야외에서 사진을 찍을 때는 날씨가 중요한 변수다. 그렇다고 날씨가 사진 작업의 전부는 아니다. 파란 하늘에 새하얀 뭉게구름이 떠다니는 날은 사진 찍기에 아주 좋은 날씨지만, 그 같은 풍경은 어느새 도식화되어 사람들에게 특별한 감흥을 주기 어렵다. 날씨가 어떻든 그날의 분위기를 제대로 담기만 하면 좋은 사진이 될 것이다. 이러한 믿음을 지니고 평택 가는 버스표를 끊었다.

아산이 아니라 평택에서 음봉면 가는 시외버스를 타면 시간과 비용을 아낄 수 있다. 그동안은 아산으로 가는 길이 익숙해서 편한 대로 그렇게 다녔는데, 이번에는 새로운 길로 가 보기로 했다. 낯선 길이 조금 불편할지 몰라도 새로운 것이 주는 즐거움도 있을 테니 굳이 마다할 이유도 없다. 음봉면의 지리는 이미 알고 있었다. 지난번에 이순신 장군 묘를 찾아간 적이 있는데, 하필이면 그날이 휴관 일이어서 묘소는 둘러보지 못하고 음봉면만 여기저기 기웃거리다 왔다. 그래도 그 덕분에 길을 미리 익혀 두게 되었으니, 잃는 것이 있으면 얻는 것도 있음을 직접 체험한 셈이다.

이순신 장군의 묘를 지키고 서 있는 석상들. 적으로부터 나라를 지킨 장군, 이제 우리가 장군을 지키고 그 이름을 빛낼 차례다.

길 이야기를 하는 김에 한 가지 자랑하자면 나는 방향 감각이 아주 탁월하다. 세상 어느 곳이든 지도만 있으면 다 찾아갈 수 있다. 그래서 생전 안 가 본 곳을 찾아가야 할 때도 두려움 없이 길을 나서는 편이다. 방향 감각은 내가 가진 재능 중에서 가장 나다운 것이기도 하다. 주변 사람들이 나를 '인간 내비게이터'라고 부를 만큼 길을 잘 찾아다니는데, 이는 누구한테 배워서 아는 것도 아니고, 스스로 노력해서 얻은 것도 아닌, 타고난 재능이다. 이 재능 때문에 나는 사람에게 후천적인 교육도 중요하지만, 타고난 자질이 많은 것을 좌우한다고 믿게 되었다. 흔히 교육은 백년지대계(百年之大計)라고 한다. 백 년의 큰 계획을 세우면서 하나의 틀 안에 모든 아이를 끼워 맞추려 하는 것은 말이 안 된다. 아이들이 저마다 타고난 재능을 한껏 발휘할 수 있는 환경을 만들어 주는 것, 그것이 교육 계획의 밑바탕이 되어야 한다.

샛노란 잎이 수북이 쌓인 좁은 길옆으로 초등학교가 있다. 이순신

장군의 묘소에서 가까운 곳이니, 장군의 음덕이 이 학교에도 미치지 않을까 생각해 본다. 부디 이 학교에 다니는 아이들이 행복하게 자기 꿈과 재능을 펼칠 수 있기를 바라며 발길을 재촉했다.

앙상하게 가지만 남은 은행나무가 줄지어 선 한적한 길을 걸어서 묘 입구에 도착했다. 기분이 좀 이상했다. 현충사가 눈에 보이는 세계였다면, 이곳은 보이지 않는 그 무엇이 울타리를 두르고 있어 속세와 격리된 느낌이 들었다. 마치 이순신 장군과 직접 대화를 나눌 수 있을 것만 같았다. 학교 졸업식 때, 수많은 제자에 둘러싸인 선생님은 나만의 선생님이 아니라서 가깝게 다가가 정 깊은 인사를 할 수 없지만, 조금 기다렸다가 아이들이 다 떠나간 뒤 뒷정리를 하고 계신 선생님께 다가가면 속마음을 다 꺼내 보이며 인사할 수 있는 것과 비슷하다고나 할까. 지금까지 현충사에 다닌 것은 먼발치에서 이순신 장군의 숨결을 느끼고자 애쓴 일이었다. 반면 이곳 묘소를 찾아오니 바로 내 앞에 장군을 마주하고 있는 듯했다.

사는 일이 힘들고 지칠 때마다 마음속으로 물어보았다.

'제 한 몸, 제 가족 서너 명도 추스르기가 너무나 힘든데, 장군께서는 어떻게 그 힘든 일을 해내셨습니까?'

임금은 사직을 내팽개치고 도망가면서도 끊임없이 이순신 장군을 의심하고, 말도 안 되는 전술을 명해 군사들을 사지로 내몰았으며, 왜군은 예측 불가능하게 이곳저곳에서 출몰해 백성을 괴롭히고, 도망가는 군사와 모함하는 동료 등 상황을 어렵게 하는 요소가 한둘이 아닌 마당에 전쟁을 수행하는 데 필요한 식량까지 스스로 조달하며 백성을 이끌었던 장군.

이순신 장군의 고된 나날에 비하면 내 삶의 고민은 정말 아무것도 아니다. 내가 책임지고 돌봐야 할 대상은 열 손가락으로 꼽기에도 민망할 만큼 적은 수인데도 나는 자주 지치고 힘들어했다. 《난중일기》를 보면 장군 역시 인간인지라 온갖 근심과 걱정으로 밤을 지새우고, 식은땀을 흘리며 잠 못 드는 장면이 자주 나온다. 그렇게 나약해지는 모든 순간을 이겨 낸 의지는 어디서 나왔을까? 오직 나라와 백성을 위하는 마음, 그 뜻 하나로 어려운 전쟁을 승리로 이끌었으니, 그 위대함은 존경스럽다는 말로도 부족하다.

이순신 장군의 죽음에 관해 여러 가지 설이 있다. 전쟁에서 이기고 살아남아도 계속해서 임금의 감시를 받거나 모함당해 죽을지도 모르기에 일부러 전사(戰死)를 가장해 자살했다는 설도 있고, 그냥 전쟁 중에 죽음을 맞이한 것뿐이라는 설도 있다. 무엇이 진실이든 간에 이순신 장군이 많이 지쳐 있었을 것 같다는 생각이 든다. 일기 중에 식은땀이 나고 토사곽란(吐瀉癨亂, 위로는 토하고 아래로는 설사하면서 배가 질리고 아픈 병) 때문에 힘들었다는 이야기가 종종 나온다. 나라의 운명이, 백성의 목숨이 달린 일에 기꺼이 투신해 누구보다 치열하게 전투를 치르고, 그 고민으로 하루하루를 보내는 삶이 어찌 고단하지 않을 수 있으며, 육신에 어찌 병이 들지 않겠는가. 우리도 조금 신경 쓰이는 일이 있으면 소화불량이니 민감성 대장증후군이니 하는 병에 시달리곤 하는데, 하물며 전쟁이라니…. 그런 상황에서도 이순신 장군은 돌아가시기 직전까지 담담하게 일기를 썼다. 1598년 11월 19일(양력 12월 16일) 새벽, 노량해전에서 전사하기 이틀 전, 전쟁이 돌아가고 있는 상황을 담백하게 기술했다. 그것이 장군의 마지막 일기였다.

전쟁 통에 죽음은 일상이고 장군도 이를 피해갈 수 없었다. 장군의 죽음을 가장 슬퍼한 사람은 누구일까. 물론 아들 '회'를 비롯한 가족과 주변 사람들이겠지만, 이순신 장군이 돌아가셨을 때는 근방의 모든 백성이 부모를 잃은 듯 통곡했다고 한다.

> 우리 군대와 명나라 군대는 이순신이 죽었다는 소식을 듣고, 이어져 있는 각 진영이 통곡하여 마치 제 어버이의 죽음을 통곡하는 것과 같았다. 또 영구가 지나는 곳마다 백성들이 곳곳에서 제전을 차리고서 상여를 붙잡고 통곡하기를 "공께서 진실로 우리를 살리셨는데, 지금 공은 우리를 버리고 어디로 가십니까?"하며 길을 막아 사영가 가지 못하게 되었으며, 길 가는 사람들도 눈물을 흘리지 않는 이가 없었다.
>
> —이재호 역, 《징비록》, 330쪽

오늘날 여수, 한산도, 통영 등 각지에 남아 있는 이순신 장군의 사당이나 비석 등 유적 대부분은 그 지방 백성들이 스스로 세운 것이다. 조정에서 시키지 않아도 백성이 자발적으로 나서서 장군을 추모했다. 지금도 이순신 장군에 관한 책을 찾아 읽다 보면 장군의 삶에 감화해서 스스로 공부하고 연구해 책을 냈다는 저자들의 고백을 어렵지 않게 볼 수 있다.

이순신 장군의 묘를 홀로 찾았다. 장군이 일기를 쓰는 시간은 홀로 생각을 정리하는 시간이었으리라. 나는 홀로 사진을 찍으며 머릿속 상념을 정리해 본다.

이순신 장군과 함께한 1년은 나에게 커다란 기쁨이었다. 일주일에 하루씩 온전히 나만의 시간을 보내는 기쁨, 넓고 쾌적한 자연 속을 마음껏 거니는 기쁨, 그리고 진심으로 존경하는 인물을 만나는 기쁨. 나는 현충사에 갈 때마다 시공간을 초월해 이순신 장군을 만났다. 현충사 경내를 홀로 걸으며 생각에 잠길 때, 고민의 실타래가 풀리지 않을 때, 장군은 어느새 내 곁에서 함께 걸으며 생각의 방향을 잡아 주곤 했다. 이순신 장군은 그렇게 내 삶의 나침반이 되었다.

인문학적 혼자 놀기
영암에 가다

2박 3일 수련회에 떠난 딸아이 방을 치우고, 책을 만들 디자이너와 통화하고, 대충 부엌 정리까지 마친 뒤 집을 나섰다. 엘리베이터 안에서 시계를 보니 10시 17분. 버스는 10시 30분에 출발하는데, 이런, 늦었다. 엘리베이터에서 내리자마자 뛰었다. 그러나 4kg짜리 카메라 가방을 메고 보도블록이 울퉁불퉁한 길을 뛰자니 금세 지친다. 그냥 빨리 걷자. 비 온 뒤끝이라 하늘이 맑다.

아이를 낳은 뒤로 처음 얻은 공식 휴가다. 11년 만에 누려 보는 화려한 고독. 온전히 혼자서 누릴 수 있는 2박 3일. 이 귀한 휴가를 이용해 영암에 다녀오기로 했다. 이순신 장군이 연주 현씨와 관계 맺은 일이 있다는 것을 알고, 언젠가 한번 현씨 종가가 있는 영암에 가서 알아보고 싶었는데, 신기하게도 기회가 온 것이다.

월출산. 실루엣만 아스라이 보이는데도 그 모습이 장엄하다.

고속버스 터미널에 도착해 무인 발권기로 서둘러 표를 끊고 버스에 오르니 출발 2분 전이었다. 카메라 가방을 선반 위에 올려놓고 편히 가고 싶었으나, 선반 입구가 좁아 불룩한 카메라 가방이 들어가지 않는다. 카메라 가방에 옷가지를 함께 넣은 탓이다. 하는 수 없이 안고 간다. 10시 31분, 버스가 천천히 출발한다. 이제부터는 시계를 보지 않아도 된다. 서울에서는 분 단위로 살아야 하지만, 시골로 갈수록 시간은 느리게 흐른다. 마치 르네 마그리트의 그림 속 늘어진 시계처럼 시간마저 축축 늘어져 나뭇가지에 걸려 있는 것 같다.

고속도로 휴게소에서 김밥도 사 먹고 군밤도 사 먹고, 달리는 버스에서 잠깐 눈도 붙이고 하다 보니 어느새 '내장산' 안내 표지판이 보인다. 단풍으로 유명한 내장산에 지금껏 한 번도 가 본 적이 없다는 사실을 깨닫고 올가을에는 꼭 가 봐야겠다고 생각했다. 장성을 지나면서 버스가 국도로 접어들자 가로수 옆이 온통 감나무 밭이다. 햇살을 받아 반짝이는 주황색 감을 수없이 지나쳐 영암 버스터미널에 도착했다.

횅했다. 그 흔한 관광 안내 책자도 없다. 서울로 돌아갈 표를 미리 끊어 두고 터미널에서 나왔다. 택시가 줄지어 서 있었지만, 곧장 숙소로 가기에는 시간이 일렀다. 숙소에 들어갔다가 다시 나오기도 쉽지 않을 것 같아 일단 걷기로 했다. 주위를 둘러보니 월출산이 병풍처럼 둘러서 있다. 멋진 바위산이다. 나무 사이로 드러난 기암괴석이 예사롭지 않아 보인다. 여행지에 왔다는 게 실감 난다. 스마트폰을 꺼내 '구글 지도'를 켜고 숙소로 예약해 둔 월출산 온천관광호텔을 향해서 천천히 걷기 시작했다.

같은 아스팔트 포장도로인데도 서울의 그것과는 느낌이 아주 다르다. 한적하니 걷기가 좋다. 방향만 호텔 쪽으로 잡고 특별한 목적지 없이 걸었다. 도중에 영암의 명소를 알리는 표지판이 나오면 호기심에 들어가 보았다. 일제 강점기에 독립운동을 했다는 낭산 김준연 선생의 기념관에도 가 보고, 국화 축제 준비가 한창인 '기찬랜드'에도 들렀다가, 어느 카페에 들러 커피도 한 잔 마셨다. 카페 이름이 '카페이야氣'였다. 기찬랜드도 그렇고, 이 카페 이름에도 '기'자가 들어가는 것을 보니 영암은 기가 아주 센 고장인가 보다.

풍수학자 조용헌은 그의 저서에 '기운이 달릴 때는 바위가 많은 산을 찾아가는 것도 좋은 방법'이라고 했다.

한국의 산들은 화강암으로 이루어져 있다. 북한산, 가야산, 대둔산, 계룡산, 월출산, 설악산, 치악산, 운악산 등등은 험한 바위산들이다. 미국식으로 이야기하면 보텍스(Vortex)가 형성된 곳이고, 우리 식으로 이야기하면 기도 발이 잘 받는 곳들이다.

—《그림과 함께 보는 조용헌의 담화》 중에서

영암에서 '기' 자를 자꾸 마주치게 되는 까닭을 알겠다.

다음 날 찾아간 '천황사'에도 기에 관한 이야기가 빠지지 않았다. 천황사로 올라가는 길에는 바위의 기운을 느껴 보라는 안내판까지 있

영암의 명물 대봉. 가는 곳마다 커다란 감이 주렁주렁 매달려 있었다.

었다. 조금 더 올라가면 거대한 바위 앞에 제사 지내는 곳도 있다. 월출산 정기가 가장 많이 모인다는 '용바위' 아래에 '바우 제단'을 만들어 놓고, 이곳에서 해마다 바우제를 지낸다고 한다.

급할 것 없이 천천히 오르는데도 슬슬 바위산의 위력이 드러났다. 힘들다. 그래도 천황사까지 꾸역꾸역 올라갔다. 역시나 천황사에서 내려다본 영암 풍경은 장관이었다. 뒤쪽으로 보이는 바위는 그 위용이 더욱 대단했다. 고생해서 올라온 보람이 있었다. 천황사까지 오르는 길은 몹시 좁고 험하다. 그런데도 이렇게 높은 곳에 어떻게 절을 지었는지 놀랍다. 하긴 우리나라 명산 깊은 곳에 있는 암자들이 대개 다 그렇긴 하지만 말이다.

산에서 내려오는 길에 바우제 행사장에 들러 커피 믹스를 한 잔 청해 마셨다. 흔하고 흔한 것이 커피 믹스지만, 그날은 커피의 온기가 마음에도 전해지는 듯했다. 등산하면서 아무것도 준비하지 않은 내 모자람을 넉넉한 인심이 대신 채워 주었다.

'저질 체력'으로 벌써 풀어져 버린 다리를 터덜거리며 내려오다 보니 어느새 버스 정류장이다. 하지만 버스는 언제 올지 모른다. 심지어 아침에 나를 이곳에 데려다준 버스 기사 아저씨도 다음 버스가 언제 올지 모른다고 했으니 말 다했다. 버스를 기다리는 건 의미가 없을 것 같아서 천천히 걷기 시작했다. 사방 천지에 대봉이 널려 있다. 내가 좋아하는 감이다. 그런데 희한하게도 감 파는 곳이 없다. 감을 팔면 사서 택배로 부치고 싶은 마음이 굴뚝같은데 아무리 둘러보아도 그 흔한 택배

전화번호 하나 없다. 곳곳이 다 감인데, 아쉽고 또 아쉽다.

수많은 감나무에 감탄하며 걷다가 멀리 '월암당'이라고 쓰인 푯말을 발견했다. 월암당? 무당집인가? 무당집치고는 규모가 상당했다. 어렸을 때 보았던 당집 외에 처음 보는 당집이다. 그것도 어디 산속도 아니고 이렇게 훤한 길옆에 있는 당집이라니…. 신기해서 이것저것 사진을 찍었다.

인도와 너무나 흡사한 풍경이다. 당집의 제단, 나무 밑에 쌓아 놓은 음식, 펄럭이는 오색 깃발, 신을 상징하는 인형들, 이 모든 것이 인도의 힌두사원에서 본 풍경이었다. 신기하다. 불교문화가 우리에게 전해진 것은 고구려 소수림왕 때인 372년이다. 당시 고구려에 들어온 불교는 힌두교의 한 갈래다. 그러니 그때부터 힌두교가 우리 문화에 영향을 미쳤고, 그것이 나름대로 토착화해서 지금의 우리 문화가 되었다고 볼 수 있다. 인도와 비슷한 우리 문화는 또 있다. 음악은 더 비슷하다. 예전에는 사물놀이를 한 치의 의심도 없이 우리 고유의 전통문화라고 생각했는데, 그 역시 인도의 악기와 거의 유사한 것을 보고 놀란 적이 있다.

정말로 힌두교의 영향을 받았는지는 모르겠지만, 어쨌든 당집의 풍경이 낯설면서도 친근하다. 한창 굿을 벌이고 있는지 음악 소리가 크게 들려왔다. 소리 나는 쪽으로 가서 창을 통해 안을 들여다보는데, 아쟁을 연주하던 분이 들어오라고 손짓했다. 덕분에 따뜻한 방에서 지친 다리를 쉬면서 굿하는 모습을 자세히 볼 수 있었다. 그 옛날 언니가 아팠을 때 집에서 했던 굿이 떠올랐다. 정말 똑같았다. 판소리 하는 듯 경을 읽

홀로 나선 여행길에 동행한 에코백. 함께 여행한 기념으로 사진 한 장 찍어 주었다.

는 무당과 그 옆에서 장구와 징, 꽹과리를 치는 무당이 있었다. 다만 아쟁 연주자가 있는 것은 옛날 기억과 달랐다. 끊임없이 이야기하고 또 이야기하고, 노래하고 또 노래하며 국악기를 연주하는 광경이 마치 국악 연주회 같기도 했다. 조용히 구경하다가 동영상도 몇 개 찍고, 찍은 영상을 인터넷에 올려도 좋다는 허락도 받았다. 그만 가려고 일어서는데 아무것도 안 먹으면 안 된다며 한 분이 단감을 내주셨다. 그러고는 잠시 쉬었다가 재수 굿을 할 참이니 더 보고 가라고 한다. 갑자기 두려웠다. 두려움의 정체는 모르겠지만, 그냥 그곳에 더 있으면 안 될 것 같은 느낌이 들어서 재수 굿이 시작되기 전에 황급히 방을 빠져나왔다.

다시 길을 걸었다. 멀리 추수하는 광경도 보고, 사진도 찍고, 콩을 털고 계시던 할머니와 이야기도 나누었다. 할머니는 여자 혼자 서울에서 영암까지 어떻게 왔느냐며 무척 놀라셨다. 여자 혼자 세계 일주도 하는 세상인데, 할머니의 세상은 아직 19세기에 머물러 있는 듯했다. 그래도 밥은 먹었는지 물어봐 주시고, 아직 못 먹었다 하니 자식 대하듯 걱정해 주시는 모습이 참으로 정겹고 고마웠다.

사진을 찍으며 좀 더 걷다가 대봉 감이 풍년인 어느 밭에서 아주머니 한 분을 만났다. 혹시 근처에 감 파는 곳이 없는지 물었다. 아주머니는 자기 집에 심은 대봉은 식구들끼리 먹기도 부족하다고 했다. 시댁 식구, 형제, 자식들 모두 나눠 먹어야 하는데 자기 밭에서 나는 대봉도 겨우내 먹기에 적단다. 그러면서 잘 익은 홍시 한 개를 따서 내게 주셨다. 길가에 온통 대봉이 주렁주렁 열려 있는 데다가 보는 사람도 없으니 서리라도 하고 싶은 마음이 굴뚝같았는데, 그런 내 마음을 알기라도 한 것일까? 대봉이 홍시가 되면 까마귀들이 다 파먹어서 없으니 이거라도 하나 맛보라며 건네주셨다. 나는 예의상 사양하는 척도 한 번 하지 않고 덥석 받았다. 대신 진심을 담아 "감사합니다!" 하고 인사했다. 다시 길을 나섰다. 홍시가 다 된 대봉이 터질까 봐 가방에 넣지도 못하고 계속 손에 들고 다녀야 했다. 그래도 나는 연신 싱글벙글했다.

한때 한비야의 여행기가 베스트셀러였던 시절이 있었다. 그 여행기가 그렇게 생생할 수밖에 없는 이유를 몸으로 느꼈다. 걷는 여행이야말로 자연과 일대일로 소통하며, 그 지역에 사는 사람들의 숨결까지 느낄 수 있는, 가장 좋은 여행 방법이기 때문이다. 보기만 하는 여행은 관광

(觀光)이지 여행이 아니다. 여행(旅行)의 '旅' 자는 나그네 '여'다. 나그네가 되어야 진정한 여행을 하는 셈이다.

늦은 오후가 되어서야 식당을 찾아 점심을 사 먹고 숙소로 돌아가려고 버스정류장에서 앉아 있었다. 생각보다 훨씬 더 빨리 버스가 도착했다. 이런 행운이 있나! 월출산 기운을 팍팍 받은 덕분인지 가는 곳마다 편안했다.

여행 셋째 날, 어제 그토록 소중하게 들고 온 대봉 홍시로 아침을 대신했다. 맛이 차지고 달다. 크기는 또 어찌나 큰지 감 하나 먹었을 뿐인데 속이 든든했다. 오늘은 드디어 이 여행의 최종 목표를 이루는 날이다. 연주 현씨 종손 현삼식 님을 만나기로 한 것이다. 현씨 일가 중에 현건, 현덕승 두 분이 이순신 장군과 편지를 주고받은 기록이 있다. 현삼식 님은 이 두 분의 직계 종손이다.

종손과 만나기로 한 곳은 영암 군민의 날 행사가 열리는 곳이었다. 현씨 일가 중 한 분인 현의송 님이 이날 행사장에서 상을 받을 예정이라고 했다. 그래서 군민의 날 행사장에서 종손과 만나기로 한 것이다.

버스 정류장에서 행사장 가는 버스를 기다렸다. 보슬비가 내린다. 비에 젖은 대지의 기운과 풀 냄새가 지금 내가 있는 곳을 말해 주는 듯해서 기분이 좋았다. 나는 여행 중이다. 이렇게 기다리는 시간도 여행

죽림정 편액. 이름 그대로 죽림정 앞에 아담한 대나무 숲이 있다. 편액 글씨는 우암 송시열이 썼다.

중에는 작은 기쁨이 된다.

군민의 날 행사장에 도착했다. 문명의 이기인 핸드폰 덕분에 쉽게 종손과 만났다. 이런 행사장을 찾은 것은 태어나서 처음이다. 형식적인 행사나 모임을 극도로 싫어하는 나였지만, 이날만큼은 행사를 지켜볼 수밖에 없었다. 생각보다 나쁘지 않았다. 이것도 다 삶의 한 방식이다. 내 취향이 아니라고 무조건 배척하는 것만이 능사도 아니다.

행사가 끝난 뒤, 현씨 일가가 다 함께 모여 점심을 먹었다. 정말 묘한 느낌이 들었다. 생전 처음 뵙는 그분들 모습에서 할아버지, 아버지의 모습이 보였다. 30년 전에 돌아가신 할아버지 생각이 많이 났다. 아니 할아버지를 다시 만난 듯한 느낌이 들었다. 여기 모여 앉은 이분들과 나의 피는 어느 정도 유사할까?

점심을 먹고 드디어 영암군 군서면 서구림리에 있는 종가를 직접 방문했다. 종손께서 직접 안내해 주셨다. 나를 이곳으로 이끈 힘은 무엇인가? 고향 아산에서도 멀고, 서울에서는 더욱더 먼 이곳 영암 땅까지, 한 번도 만난 적 없는 사람이 사는 곳에 직접 찾아오게 이끈 운명은 어떤 것인지 궁금했다. 운명이라는 것이 정말 존재할까?

직접 가 본 서구림리는 예전 모습을 그대로 간직한 동네였다. 서울에서 아주 먼 곳에 있었지만, 그 품새가 고색창연하면서도 여유롭고 넉넉했다. 종가는 비록 현대식으로 고쳐 지었지만, 550년 동안 그 자리를 지키고 있다고 했다. 한 자리에서 반 천 년을 이어 사는 종가라니, 그 우직함이 놀랍다.

종가에서 이순신 장군이 현덕승에게 보낸 편지를 보았다.

지난 신묘년(辛卯, 1591, 전라좌도 수군절도사로 부임)**에 진도로 부임할 때 귀댁이 있는 마을 앞을 지나면서 서호강과 월출산의 명승을 상상하고, 지금 이 병란 중에도 늘 생각이 나곤 합니다.**

1591년 이순신 장군은 서구림리 앞을 지나갔다. 그리고 그때 상상한 영암의 명승이 병란 중에도 생각난다며 그리운 마음을 편지에 담았다. 그렇다면 현덕승과 이순신 장군은 어떤 사이였을까? 장군이 현덕승에게 보낸 편지에 이런 구절이 있다.

어느 날에나 이 비린내 나는 먼지를 털어 버리고 옛날 종유하던 회포를 풀어 볼지 알 수가 없고 답답할 뿐입니다. 자리가 시끄러워 감사의 말씀 이만 줄입니다.

옛날 종유하던 회포를 풀고자 하는 것을 보면 어릴 적 같이 공부하고 놀던 친구 사이가 아니었을까 추측할 수 있다고 종손께서 설명하셨다. '종유(從遊)한다'는 것은 학식이나 덕행이 높은 사람을 좇아 함께 지낸다는 뜻이다.

그 옛날에 편지 한 통을 주고받기 위해 얼마나 많은 노고가 필요했을까? 교통도 발달하지 않은 시대에 인편으로 일일이 배달해야 했으니 시간도 오래 걸릴뿐더러 도중에 서찰을 분실하는 일도 더러 있었을 것이다. 그런데도 편지를 보낸다는 것은 꼭 전할 말이 있었거나, 깊은 정을 나누는 사이였다는 뜻일 게다. 더욱이 저 편지는 병란 중에 쓴 것이 아닌가.

이순신 장군과 연주 현씨의 인연이 정확히 어떤 것이었는지 밝힌 연구가 있다면 좋겠지만, 아쉽게도 편지로 막연히 추측해 보는 정도가 전부였다. 그래도 내가 존경하는 인물이 내 성씨를 물려준 조상과 어떤 식으로든 인연을 맺고 있었다니 뿌듯하고 기쁘다. 이순신 장군을 모신 현충사가 있는 지역이 내 고향이라는 사실도 자랑스럽다. 어쩌면 내가 매주 현충사에 찾아가게 된 것도 먼 옛날 조상의 인연이 오늘의 나에게까지 희미하게나마 이어져 있기 때문은 아니었을까? 억지스러운 끼워 맞추기라고 볼 수도 있지만, 나는 그렇게 믿고 싶다. 이 소중한 인연을 가슴에 새기고 살아간다면, 앞으로 남은 생을 허투루 살지는 않을 것 같다. 내가 인생을 낭비하려 할 때, 이순신 장군이 어디선가 지켜보고 있다고 생각하면 정신이 번쩍 들 테니 말이다.

종손의 안내로 월출산 도갑사에 잠깐 들렀다가 시장에 가서 단감 한 상자를 주문해 택배로 부쳤다. 생면부지의 나를 가까운 친척처럼 안내해 준 종손께 이 자리를 빌려 감사 인사를 드린다.

현충사 옛집의 문. 어릴 적 살던 시골집 대문과 비슷해 더욱 정이 간다.

| 에필로그 |

엄마를 위하여

“난리가 나서 모두 다 죽었으면 좋겠다.” 초등학교도 들어가지 않은 어린 막내 딸 앞에서, 엄마는 혼자 중얼거리듯 말씀하셨다. 지금의 나로서는 감히 상상도 할 수 없는 노동에 치여 살던 엄마가, 그렇다고 누구를 해칠 수도 없는 엄마가, 그 상황에서 할 수밖에 없었던 최악의 말이었다. 하지만 나는 그 말이 심하다고 생각하지 않았다. 엄마의 인생은 그야말로 ‘고통의 바다’ 그 자체였으니까.

엄마는 꽃다운 나이 스무 살에 4남 3녀 형제가 있는 집안에 맏며느리로 시집 와 대가족의 일상을 책임져야 했다. 막냇삼촌이 아홉 살 때 할머니가 돌아가셨다고 한다. 시어머니의 빈자리까지 메워야 했던 엄마는 당신의 맏딸과 막내 시동생을 함께 키웠다. 1년에 열두 번 제사상을 차리고, 시부모의 생신상을 비롯해 추석과 설날의 차례상까지 모두 혼자 챙기다 보면 하루하루가 고된 노동의 연속이었다. 온양 산골짝 현씨 집성촌에 살았던 탓에 무슨 날만 되면 30~40명이나 되는 일가친척이 다 모여서 음식을 만들고 나눠 먹으면서 큰일을 치렀다. 남편은 서울에 나가 따로 살고 있

이순신 장군의 옛집 뒤뜰에 있는 우물과 장독대를 보면 어릴 적 추억이 떠오른다.

었으며, 시누들은 나이가 들어도 손 하나 까딱하지 않았고, 엄마는 시동생들의 도시락까지 모두 책임졌다. 나아가 시동생들의 결혼식을 치러 내는 일도 엄마의 몫이었다. 집안 행사가 없는 평범한 날도 고되기는 마찬가지였다. 끊임없이 이어지는 밭농사 때문이다. 한여름 뙤약볕에서 일을 해야 하는 참외 농사는 힘겨운 노동의 정점이었다. 엄마는 새벽에 일어나 잘 익은 참외를 따서 리어카에 싣고 십 리 길을 걸어서 온양시장에 내다 팔았다. 틈틈이 고추나 고구마 등 다른 작물도 키우고 거두어야 했다. 엄마의 삶은 시작도 끝도 없는 일, 일, 일뿐이었다.

한겨울 밤에 호롱불 밑에서 가래떡을 썰던 엄마의 모습이 눈에 선하다. 종일 떡을 썰 시간이 없었기도 했지만, 모두 잠든 후에 혼자 떡을 썰어야 했던 다른 이유가 있었다. 낮에 떡을 썰면 식구들이 오가며 집어 먹는 통에 혹시라도 설날 아침에 손님들에게 내놓을 떡국이 모자랄 수도 있었기 때문이다. 엄마는 한겨울 솜이불 바느질은 물론이고 시부모 옷도 솜을 넣고 누벼 손수 지었다. 그렇게 지은 옷과 이불이 더러워지면 일일이 뜯어서 빨고, 다시 바느질해 만들기를 반복해야 했다. 그러나 가족 중에 누구도 중노동에 시달리는 엄마에게 수고했다거나 잘했다는 칭찬 한마디 하지 않았다. 어린 내가 보기에도 너무 억울해서 엄마한테 바보같이 그렇게 당하고만 살면서 큰소리로 화도 한 번 안내느냐고 하면 엄마는 체념한 듯 늘 같은 말만 하셨다. "죄는 지은 데로 가고 도는 닦은 데로 간다." 그 말 한마디면 끝이었다.

철이 들고부터 나는 대가족이 싫었다. '가족'이라는 말도 몸서리나게 싫었다. 가족은 엄마의 희생으로 존재하는 허울일 뿐이었다. 그래서 나는 중학생 때부터 집안 행사에 가지 않았다. 추석과 설날도 혼자 있는 것이 편했다. 특히 유교 사상에 절어 있는 어른들을 상대하고 싶지 않았다. 아직 아무것도 모르는 어린 여자아이한테도 딸은 시집가면 그만이라는 둥, 딸 백날 키워 봤자 아무 소용없다는 둥 하는 말을 거침없이 해 대는 사람들 틈에서 딸인 내가 무슨 말을 할 수 있었겠는가. 그러니 어쩌다 집안 행사에 가더라도 어른들과 마주치지 않게 피하고 아무 말 없이 그림자인양 있다가 오는 것이 상책이었다. 지금도 나는 권위적인 행사나 모임에 가지 않는다. 사진가로서 전시회를 열 때 당연히 해야 하는 오프닝 행사도 사실은 하기 싫어서 최소한의 의식으로만 치르곤 한다.

엄마는 1930년에 태어났다. 일제 강점기에 초등학교를 다닌 탓에 다른 것은 몰라도 숫자를 셀 때는 일본어를 썼다. 어린 시절에 식민통치를 겪은 엄마는 결혼 후 6·25전쟁을 겪었다. 전쟁이 터지자 당시 온양경찰서장을 지내던 엄마의 큰오빠는 북한군에 목숨을 잃었고, 남편은 군인으로 차출되어 집을 떠나야만 했다. 그런 상황에서도 엄마는 어렵게 대가족을 보살피고 생계를 꾸렸다. 그렇게 고생 또 고생만 하던 엄마가 다행히 아빠와 함께 서울에서 살게 되면서 중노동으로부터 어느 정도 벗어나긴 했다. 그래도 할아버지가 돌아가실 때까지 집안의 대소사를 책임지는 사람은 여전히 엄마였다. 엄마의 인생을 생각하면 나는 그 무엇에도 불평할 자격이 없어진다. 아무리 옛날 사람들 사는 방식이 그랬으니 어쩔 수 없었다 하더라도 엄마가 겪은 고통 앞에 무엇을 견줄 수 있으랴. 더군다나 엄마의 고통은 그냥 역사 속 한 장면이 아니라 내가 바로 곁에서 직접 눈으로 보고 느낀 것이기에 그 애처로움이 남다를 수밖에 없다.

올해(2017년) 설날만 해도 너무나 정정하셨던 엄마가 폐렴으로 앓아누우신 지 불과 일주일 만에 갑작스럽게 돌아가셨다. 여든여덟이라는 연세를 생각해 머지않아 이별을 맞이할지도 모른다는 생각은 어렴풋이 하고 있었지만, 그래도 이렇게 쉽게 돌아가실 줄은 상상도 못 했다. 저녁 무렵에 돌아가시는 바람에 일을 치르기에도 바빠서 정신없이 장례 기간을 보내고 삼우제를 지내기 위해 선산이 있는 아산으로 갔다. 책을 쓰기 위해 수도 없이 다닌 아산, 이번에는 엄마를 위해 가게 되었다.

봄 햇살이 따뜻해 마음의 응어리도 녹을 것만 같았던 날에 삼우제를 마쳤다. 나는 아산에서 하루 묵기로 했다. 남편은 중요한 약속이 있어서 오후 일정을 함께할 수 없었는데, 마침 그 일이 취소되어 나와 함께 아산에 묵었다. 책을 준비하면서 마지막으로 들를 계획이었던 이순신 장군 관련 유적지를 남편과 함께 찾아가기로 했다. 혼자였다면 대중교통을 이용해 힘들게 찾아갈 수밖에 없는 길이었으나 둘이 함께한 덕분에 남편이 운전하는 자동차를 타고 편하게 갈 수 있었다. 일 마무리 잘 하라는

이순신 장군이 돌아가신 어머니를 맞이한 곳, 게바위.

뜻으로 엄마가 내게 준 마지막 선물이었던 싶다.

'게바위'는 현충사에서 멀기도 하고 뚜벅이 여행자가 찾아가기에는 조금 어려운 유적지다. 1597년 4월 14일, 이순신 장군은 전라도에서 배를 타고 오시던 어머니께서 배 안에서 돌아가셨다는 전갈을 받았다. 어머니는 백의종군하던 아들을 만나기 위해 길을 나섰다가 돌아가신 것이다. 부고를 듣고 어머니를 마중하러 나간 곳이 아산시 인주면 해암리 197-2번지에 있는 게바위였다. 그날의 일기를 보자.

조금 있다가 종 순화가 배에서 와서 어머님의 부고를 전한다. 뛰쳐나가 뛰며 슬퍼하니 하늘의 해조차 캄캄하다. 곧 해암으로 달려 나가니 벌써 와 있었다. 길에서 바라

세상의 모든 슬픔을 품어 줄 듯 두 팔을 벌리고 있는 소나무.

보는, 가슴이 미어지는 슬픔이야 이루 다 어찌 적으랴.

— 이은상 역, 《난중일기》

이틀 뒤, 16일의 일기에는 이렇게 적었다.

궂은 비, 배를 끌어 중방포에 옮겨 대어 영구를 상여에 싣고 집으로 돌아왔다. 마을을 바라보며 찢어지는 아픔이야 어떻게 다 말하랴. 집에 이르러 빈소를 차렸다. 비가 억수같이 쏟아지고, 나는 맥이 다 빠진 데다가 남쪽 길이 또한 급박하니, 부르짖으며 울었다. 다만 어서 죽기를 기다릴 따름이다.

— 이은상 역, 《난중일기》

이순신 장군이 통곡했다던 그 바위를 언젠가는 찾아가 봐야지 생각했는데, 엄마가 돌아가시는 바람에 찾아가게 될 줄은 꿈에도 몰랐다. 다른 유적지와는 달리 표지판도 부실하고 주소도 정확하지 않아 찾는 데 시간이 좀 걸렸다. 그래도 인터넷으로 검색하니 많은 사람이 다녀간 흔적이 남아 있었다. 나도 그 흔적들을 길잡이 삼아 게바위를 찾을 수 있었다.

이순신 장군이 살던 현충사 옛집에서 해암리까지는 약 14km 거리다. 30리 길이 넘는다. 지금이라면 자동차로 10분이면 닿는 길이지만, 예전에는 아마도 한나절은 걸어야 했을 것이다. 시신을 항구에서 집으로 모시는 일도 어려워 사흘이나 걸렸다. 그 사이에 나라에서는 빨리 남쪽 전쟁터로 가라고 재촉하니, 이순신 장군이 얼마나 고통스러웠을지 헤아려 짐작하기조차 어렵다. 현재 게바위는 예전에 항구였다는 사실도 잊은 채 논 한가운데 덩그러니 놓여 있다. 먼 하늘에 갈매기들이 날아다니는 모습에서 바다가 멀지 않음을 짐작해 본다. 게바위에서 어머니 시신을 안고 통곡했다던 이순신 장군. 날씨는 슬픈 역사를 잊은 듯 맑고 청명했다.

죽음은 누구에게나 찾아온다. 피할 길도 없다. 그 사실을 잘 알고 있어도 전혀 예상치 못한 죽음은 받아들이기가 쉽지 않다. 이순신 장군도 어머니를 가까이에서 모시다가 임종을 지켰다면 아마도 회한이 덜했을 것이다. 아들이 감옥에 있는 동안 마음 고생하셨을 어머니를 생각하며 이제 다시 나랏일을 하기 위해 남도로 내려가기 전에 만나 뵙고 인사드리려던 참이었는데, 느닷없이 어머니의 부고를 들었으니 그 회한을 어찌 말로 다 표현하랴. 이순신 장군은 어머니께 자주 문안드리고자 전쟁 중에도 임지 근처로 모실 만큼 효심이 지극했다. 그런 장군이었으니 장례조차 제대로 예를 갖춰 치를 수 없는 현실이 얼마나 고통스러웠을까. 어서 죽기를 기다릴 따름이라는 말이 가슴에 사무친다.

이순신 장군 묘소와 게바위에 갔다가 길을 나선 김에 아산 신정호 관광지까지 가 보았다. 그곳에 이순신 장군 동상이 있다고 해서 찾아 나선 것인데, 동상이 어디 있는지 알 수 없어 두 시간 넘게 헤매다가 겨우 찾았다. 동상은 수영장 옆에 서 있었다. 이미 날이 어둑해져서 사진 찍기가 곤란해 다음 날 다시 가서 제대로 보고 왔다. 신정호 관광지에 있는 동상까지 찾아가 보는 것으로 이순신 장군의 흔적을 좇는 여행을 마무리하고 서울로 돌아왔다.

그때까지만 해도 엄마가 돌아가셨다는 사실이 그리 크게 다가오지 않았다. 집으로 돌아와 며칠 간 두문불출하고 무기력하게 있다가 여행 갔던 딸이 돌아온다기에 오랜만에 장을 보러 나갔다. 마트에 가서 장을 보는데 갑자기 엄마의 부재가 선명하게 느껴졌다. 엄마가 좋아하던 반찬과 간식거리를 보니 갑자기 하염없는 눈물이 흘렀다. 이제 더는 엄마를 위해 맛있는 음식을 살 필요가 없다는 사실을 확인한 것이다. 일주일에 한 번씩 엄마가 좋아하는 음식을 사다 드리기 위해 뭘 살까 고민했었는데, 더 이상 그럴 필요가 없어진 것이다. 엄마를 위해 무엇인가를 해 주는 것이 의무나 괴로움이 아니라 즐거움이었음을 그 순간 깨달았다. 사람은 먹지 않고 살 수 없다. 꼭 필요한 음식 중에서도 엄마가 좋아할 만한 것을 고민하고 살 수 있었던 시간은 얼마나 기쁜 날들이었던가.

그러고 보면 '누군가를 위해서 살 때'야말로 우리 인생의 전성기라 할 수 있겠다. 아이를 위해서, 남편을 위해서, 부모를 위해서, 친구를 위해서, 나라를 위해서 뭔가 해 줄 수 있는 힘과 능력이 있는 때, 그때가 바로 전성기다. 나를 위해서가 아니라 다른 누군가를 위해 내 능력을 발휘하고 보살펴 줄 때, 내가 가장 빛난다. 내가 아무것도 해 줄 것이 없을 때는 이미 인생에서 은퇴하고 죽음을 준비하는 시기가 아니겠는가. 그러니 최대한 나의 전성기를 즐겨야겠다. 엄마를 위해 마지막으로 내가 해 줄 수 있는 일, 이 책을 엄마에게 바친다.

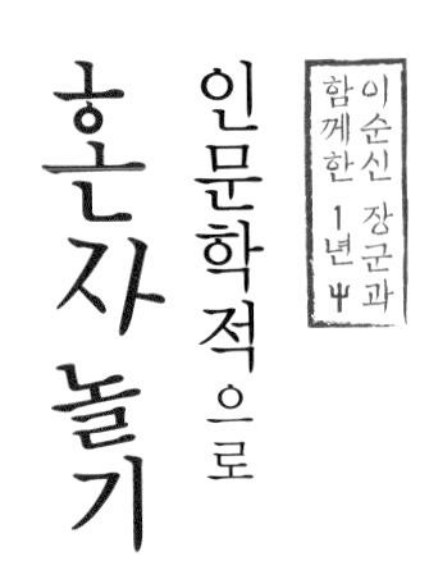

초판 1쇄 인쇄 2017년 4월 20일
초판 1쇄 발행 2017년 4월 28일

지은이 현새로

펴낸이 현경미
책임편집 박미경
디자인 VORA design

펴낸곳 길나섬
주소 서울시 강남구 봉은사로 44길 68
전화번호 070-8910-3345
전자우편 gilnasumbooks@naver.com
출판등록 2014년 5월 8일 제2014-000009호

ISBN 979-11-952888-4-7 03800
값 15,000원

* 이 도서의 국립중앙도서관 출판예정도서목록(CIP)은 서지정보유통지원시스템 홈페이지(http://seoji.nl.go.kr)와 국가자료공동목록시스템(http://www.nl.go.kr/kolisnet)에서 이용하실 수 있습니다.(CIP제어번호: CIP2017009692)